Sieben Lichter

Alexander
Pechmann

Sieben Lichter

Roman
Steidl

Purpurne See weissagt der Sonne Nahn –
Eh sie emporsteigt, sei die Tat getan!
Lord Byron

I

William Scoresby war ein außergewöhnlicher Mann. Heute ist er so gut wie vergessen, doch damals kannte jedes Kind seine Geschichte: Als zehnjähriger Knabe hatte er seinen Vater auf Walfang begleitet. Rund zwanzig Jahre später, nach unzähligen Grönlandfahrten, hatte er seine Seemannsstiefel in die Ecke gestellt und seine Teerjacke gegen einen Talar getauscht, um Theologie zu studieren, Latein und Griechisch zu lernen. Nach dem Tod seiner ersten Frau schien er irgendwo dort draußen in der weiß schimmernden Leere des Eismeers Gott gefunden zu haben. Nun predigte er auf der *Floating Chapel*, einem Schiff im Hafen von Liverpool, das man zu einer schwimmenden Kirche umgebaut hatte. Er gab sein Bestes, gutherzige Matrosen vom Schnaps und von Geschlechtskrankheiten fernzuhalten, und ich glaube, er hatte sogar Erfolg damit. Zumindest besaß er diese Art unbezwingbarer Zuversicht, ohne die man keinen Erfolg haben kann. Eine Zuversicht, die mir fast unheimlich war und rätselhaft blieb. Weder das abscheuliche Verbrechen auf der *Mary Russell*, das uns in jenen Sommertagen des Jahres 1828 beschäftigen sollte, noch die nachfolgenden Ereignisse konnten sein Vertrauen in die Güte seines Schöpfers erschüttern.

Ich habe mein Leben lang an dieser Güte gezweifelt. Obwohl ich in meiner kleinen Welt Rang und Namen geerbt und errungen hatte, blieb Zufriedenheit mir ein Fremdwort, und von dem Moment an, da Scoresby unser großes Haus an der Küste bei Roche's Point betrat und um die Hand meiner Schwester Elizabeth anhielt, musste ich mich endgültig mit dem Gedanken abfinden, vollkommen unbedeutend zu sein. Nicht dass er es darauf angelegt hätte, mich, meine zahlreichen Geschwister, die ganze Familie oder die anderen, durchaus gebildeten und weltgewandten Gäste in den Schatten zu stellen, denn eigentlich wirkte er eher zurückhaltend und bescheiden, und seine dunklen Augen blickten oft nachdenklich durch das Fenster aufs Meer hinaus, als warteten dort unerledigte Aufgaben auf ihn. Doch sein Ruf als unermüdlicher Forschungsreisender, vielgepriesener Autor eines zweibändigen Standardwerks über die Arktis und mitreißender Prediger war ihm vorausgeeilt und sorgte unweigerlich dafür, dass jedes Wort, jede noch so belanglose Frage in Richtung seiner hageren, ernst und freundlich dreinschauenden Gestalt gelenkt wurde und er fast unentwegt im Mittelpunkt unserer von Seelenfeuer und Geistesblitzen geblendeten Gesellschaft stand.

Er bemühte sich, all unsere Fragen ausführlich und gewissenhaft zu beantworten, sogar jene, die den Fragenden als hoffnungslosen Provinzler und Kindskopf erscheinen ließen: Ob es am Nordpol denn wirklich so kalt sei oder ob es dort, wie etliche Gelehrte behaupteten, unbekannte Länder mit mildem Klima gebe? Wie lange ein Mensch wohl überleben könne, wenn er in die eisigen Fluten des Polarmeers fiele? Ob es dort draußen nicht recht einsam sei, ohne Frauen?

Obwohl ich Scoresby genau beobachtete und seinen stets eloquenten Antworten aufmerksam lauschte, konnte ich nie einen gelangweilten oder gequälten Ausdruck in seinen Augen erkennen und kein noch so geringes Maß Ironie oder Boshaftigkeit aus seinen geduldigen Erläuterungen heraushören. Er war ein Gentleman. Er spielte diese Rolle nicht, so wie ich und meine Kameraden an der Militärakademie dies mit jener unbeschwerten Herablassung, die man bei unsereinem für mondän hielt, seit jeher getan hatten. Er war ein echter, reiner, unverfälschter Gentleman, wie man ihn sonst nur aus seichten Romanzen kennt. Vielleicht sogar mehr als einer: Denn jeden Morgen, wenn er sich höflich grüßend neben seiner frisch angetrauten Ehefrau am Frühstückstisch niederließ, meinte ich, den bühnenreifen Auftritt von einem halben Dutzend Scoresbys zu beobachten: einem geborenen Seemann mit schwieligen Händen, einem

Naturforscher, der mühelos über rätselhafte Phänomene wie Magnetismus und Elektrizität dozieren konnte, einem Bücherwurm, der aus den Balladen Sir Walter Scotts zitierte, einem gottesfürchtigen Kleriker, der angeblich eine Einladung Sir Walters ausgeschlagen hatte, weil er unter keinen Umständen die heilige Sonntagsruhe verletzten wollte, einem Schwärmer, der über Frauen sprach wie ein Gärtner über seine Lieblingsblumen, und einem Philosophen, der nicht an den Zufall glaubte.

Mit ihm konnte ich mich nicht messen, da machte ich mir keine Illusionen. Meine ruhmlose Karriere beim Militär hatte mir den Rang eines Colonel eingebracht, der Einfluss meiner wohlhabenden Familie bescherte mir das Ehrenamt eines Magistrats. Meine interessanten Erlebnisse beschränkten sich indes auf Jagdabenteuer, Angelausflüge und Streitereien mit den Pächtern unseres Anwesens, das mein älterer Bruder zusammen mit dem Titel nach dem frühen Tod unseres Vaters geerbt hatte. Kurzum, mein Leben war so durchschnittlich und langweilig wie das eines jeden zweitgeborenen Sohnes eines Baronets. Ich war überflüssig. Das Einzige, was ich hätte tun können, um bei Tisch zu glänzen, wäre gewesen, hin und wieder eine halbwegs intelligente Frage in die rege Konversation zu werfen, um zu beweisen, dass wir Fitzgeralds, wir Iren, wir armen barbarischen Provinzler aus Corkbeg, ebenfalls die eine oder andere Reise unternommen, das ein oder andere Buch gelesen hatten. Doch wie armselig würde dies alles im Vergleich zu Scoresbys Großtaten erscheinen! Und natürlich kam mir keine wirklich intelligente Frage in den Sinn. Als mir dann doch etwas annähernd Geistreiches einfiel, kam ich nicht zu Wort, und wenig später war ich froh darüber, mich nicht als dilettantischer Schwätzer blamiert zu haben.

Elizabeth kannte mich zu gut, um mir mein Schweigen übel zu nehmen, doch eines Tages vertraute sie mir an, dass ihr Mann sich deswegen Sorgen mache.

»Er macht sich Sorgen?«, fragte ich verblüfft, als wir einige

Tage nach der Hochzeit endlich einmal die Gelegenheit fanden, unter vier Augen zu sprechen. »Mir schien, er hätte Wichtigeres im Sinn.«

»Sorgen ist wohl nicht das treffende Wort. Er macht sich so seine Gedanken. Ob er wirklich von der Familie seiner Frau mit offenen Armen empfangen und respektiert wird. Ob jemand Ressentiments gegen ihn hegt.«

»Ressentiments? Sind das die Worte eines Seemanns aus Yorkshire?«

Sie lachte und boxte mich spielerisch, sodass ich einen kurzen und gleichzeitig ewigen Moment lang daran glaubte, unsere Kindheit könnte in solchen unmerklichen Gesten fortdauern.

»Ich habe ihm gesagt, dass du seine Arbeit bewunderst und ihn einerseits nicht mit belanglosen Floskeln langweilen möchtest. Andererseits willst du die anderen Gäste nicht mit hochtrabenden Fachsimpeleien irritieren. Dann habe ich ihm versprochen, dass wir in den nächsten Tagen etwas gemeinsam unternehmen. Etwas weniger Formelles. Ein Picknick bei der Ruine. Eine kleine Bootsfahrt. Einen Ausflug nach Cove.«

Ich stellte mir uns als schweigendes, appetitloses, peinlich berührtes Trio im Schatten der moosbewachsenen Mauern der alten Burg vor. Scoresby hätte sich sicherlich bemüht, aus dem Picknick einen Erfolg zu machen, doch ich hätte aus reiner Gewohnheit alles verdorben. Ein, zwei Gläser Wein hätten mir zynische Kommentare zu seiner frommen Weltweisheit entlockt. Scoresby hätte mich nicht einmal dafür verachtet, denn er war so entsetzlich gütig und verständnisvoll, aber ich hätte mich zweifellos selbst verachtet, da ich meinen eigenen Ansprüchen und den Erwartungen meiner Familie nicht gerecht wurde. Gern hätte ich mich herzlich und liebenswürdig wie meine Geschwister gezeigt, doch während meiner Jahre in Internat und Kaserne hatte sich bei mir eine schützende Hornhaut aus beißender Ironie gebildet, die ich kaum je abstreifen konnte.

Elizabeth hatte sich noch nicht mit der Tatsache abgefunden, dass in ihrem neuen Leben kein Platz für einen Grübler und Langweiler wie mich war. Sie, deren weltliches Streben schon immer auf eine glänzende Partie abgezielt hatte, würde in Liverpool eine neue Familie gründen und etliche neue, mustergültige Scoresbys vom Stapel lassen. Ich hingegen würde weiterhin meine Tage mit Banalitäten vergeuden und mich gelegentlich, aber nicht allzu oft fragen, wozu ich eigentlich auf dieser Welt, in dieser Zeit gestrandet war.

»Du hast Recht. Zweifellos. Ich bewundere Scoresby. Er ist einer der interessantesten Menschen, denen ich je begegnet bin. Ich habe in den nächsten Tagen einige geschäftliche Dinge in Cove zu erledigen. Ich würde mich freuen, wenn ihr zwei mich begleiten und anschließend mit mir Gertrud und ihre Kinder besuchen würdet.«

Elizabeth runzelte die Stirn. Meine Antwort musste in ihren Ohren zu formell geklungen haben. Ich aber hatte bewusst diesen Ton gewählt, um hervorzuheben, dass es sich eher um eine Pflicht als um ein Vergnügen handelte. Nicht, um sie zu kränken, sondern um es mir leichter zu machen, den höflich distanzierten Gastgeber zu spielen. Denn ein neunmalkluger kleiner Teufel flüsterte mir ständig ins Ohr, ich solle die naive Frömmigkeit Scoresbys auf die Probe stellen. Das war es wohl auch, was mich wirklich gereizt hätte, doch meine Rolle als fürsorglicher Bruder der Braut duldete die Frage nicht, die ich diesem untadeligen Gottesmann eines Tages dennoch stellen würde: »Warum hat der Allmächtige in all seiner Güte so viel Leid über seine Kinder gebracht?«

II

»Ich habe Irland schon immer geliebt«, sagte Scoresby, der sich an Bord der Barkasse, die uns nach Cove bringen sollte, sichtlich wohlfühlte: ein Seemann durch und durch. Meine Gedanken schweiften ab, während er davon sprach, welch herrliche Urlaubstage er hier verbracht habe und dass er nun durch seine Heirat mit Elizabeth gewissermaßen auch mit Irland verheiratet sei. So hätten sich für ihn zwei Herzenswünsche auf einmal erfüllt.

Ich begnügte mich damit, belanglose Floskeln zu murmeln. Tatsächlich kämpfte ich gegen einen Anflug von Seekrankheit an, der umso beschämender war, als ich mich in Gesellschaft eines namhaften Seefahrers und noch dazu in vertrauten Gewässern befand. Eigentlich pendelte ich mehrmals die Woche zwischen Corkbeg und Cove oder Cork Harbour. Der Seegang in diesem großen natürlichen Hafen war nie bemerkenswert stark, und der Vormittag des 26. Juni war heiter und beinahe windstill, sodass unsere Fährmänner rudern mussten, während die Sonne die kleinen Wellen zum Funkeln brachte. Sonst war in dieser Gegend der Himmel meist bedeckt und grau; ein helles, diesiges Grau, das sich kaum vom etwas dunkleren Grau des Meeres unterschied, während die Küste von Corkbeg damals noch ein moosiges Grün zeigte, derweil sich vor Cork Harbour ein blattloser Wald aus Schiffsmasten unterschiedlichster Größe abzeichnete. In meiner Kindheit hatten hier zwischen vier- und sechshundert Schiffe geankert. Große Konvois hatten sich hier versammelt, um unter dem Schutz der Royal Navy zu den Westindischen Inseln auszulaufen. Inzwischen waren die Zahlen deutlich zurückgegangen.

An diesem Donnerstag im Juni war es ungewohnt sommerlich. Das Grün der Küste sah heller und freundlicher aus, der Schiffswald des Hafens, der noch ein, zwei Meilen entfernt lag, schimmerte golden wie ein falsches Versprechen. Vielleicht war es dieses Gefühl, dieses Trugbild, das die leichte Übelkeit ausgelöst hatte.

Als wir uns dem Hafen von Cove näherten, deutete unser Bootsführer auf eine Brigg, die neben einem amerikanisch beflaggten Schoner vor Anker lag. »Auf diesem Schiff«, rief er, »wurde angeblich die ganze Crew ermordet!«

All Blicke richteten sich auf das ansonsten gewöhnliche und unauffällige Schiff. Es war, wie wir später erfuhren, die *Mary Russell* aus Cork. Niemand sprach ein Wort. Ich fragte mich unwillkürlich, wer derlei Gerüchte in Umlauf brachte. Die ganze Crew ermordet! – Gemäß meiner von überspannten Federfuchsern wie Shelley und Godwin geprägten Vorstellung hätte ein solches Verbrechen die Sonne verfinstern oder zumindest für einen unheilvoll raunenden Wind sorgen müssen. Auch die Möwen schrien nicht lauter als üblich.

Elizabeth, die von Natur aus viel seetauglicher war als ich es je sein würde, zeigte unverändert rote Wangen. Ihr Lächeln war jedoch zu einem Ausdruck erstarrt, in dem sich Zweifel und Abscheu zu mischen schienen. Scoresby fragte schließlich, ob jemand ein Fernglas dabei habe. Als niemand auf seine Bitte reagierte, wandte er sich an den Bootsführer: »Wissen Sie mehr darüber?«

Der Seemann schüttelte den Kopf. »Die Brigg ist gestern Abend zusammen mit der *Mary Stubbs* eingelaufen. Es heißt, man habe einige schrecklich verstümmelte Leichen an Bord entdeckt, ein halbes Dutzend oder mehr. Nach dem Coroner wurde geschickt, aber ich weiß nicht, ob er den Fall schon untersucht hat.«

»Sie sind doch Magistrat«, sagte Scoresby zu mir. »Sind Sie nicht verpflichtet, der Sache nachzugehen?«

Die Vorstellung, einen Mordfall zu untersuchen, reizte mich ebenso sehr wie sie mich insgeheim abstieß und ängstigte. Allerdings kannte ich die engen Grenzen meiner amtlichen

Befugnisse: »Nein, ich habe bestenfalls mit Bagatellen zu tun. Diebstahl, Einbruch, Wirtshausschlägereien und alberne, kleine Streitigkeiten. Kühe, die auf der falschen Seite des Zaunes grasen, Matrosen, die gefälschte Papiere vorzeigen und dergleichen. Mord und andere Kapitalverbrechen werden vom Crown's Court bearbeitet – oder vom Admiralty Court, wenn die Tat auf See begangen wurde. Hier ist zweifellos der Coroner zuständig.«

»Aber Sie hätten unter gewissen Umständen das Recht, das Schiff zu betreten?«

»Das hängt weniger von meinem Rang ab, als davon, ob man uns an Bord lässt.« Ich antwortete ausweichend, obwohl mir klar war, dass mein Rang und ein paar Münzen wohl ausreichen würden, uns Zugang zu verschaffen. Irische Zollbeamte sind nicht für übermäßige Strenge und Unbestechlichkeit bekannt. Und wenn mein Einfluss nicht ausreichte, würde Scoresbys Berühmtheit den Ausschlag geben. Andererseits konnten wir unmöglich Elizabeth zumuten, in der Barkasse zu warten, während die wackeren Gentlemen loszogen, um die Spuren einer abscheulichen Gewalttat zu besichtigen. Es wunderte mich schon ein wenig, dass mein weltmännischer Schwager seine Pflichten gegenüber seiner Angetrauten vergessen zu haben schien.

Natürlich hatte er sie nicht vergessen: »Elizabeth«, sagte er unvermittelt, »wäre es sehr unverschämt von mir, dich am Kai abzusetzen und eine Droschke zu bestellen, die dich zum Haus unserer Cousine bringt?« Bevor sie antworten konnte, fügte er hinzu: »Dein Bruder und ich würden dieser Sache gern nachgehen, wenn es möglich ist. Wir würden dann ein, zwei Stunden später nachkommen.«

Ich erwartete Widerspruch oder jenes trotzige Schmollen, das sie mir gegenüber unzählige Male aufgesetzt hatte, aber nicht diesen treuherzigen Blick, mit dem sie ihren Mann anschaute und nickte. Ich hatte das verheerende Ausmaß ihrer Verliebtheit unterschätzt.

Mein eigener Widerspruch fiel allerdings auch nur halbherzig aus. Zwar gefiel mir die Dreistigkeit nicht, mit der Scoresby mich für seine Zwecke eingespannt hatte, doch war meine Neugier auf das, was sich auf diesem seltsamen Totenschiff abgespielt hatte, um einiges ausgeprägter als meine Empörung. Mit wenigen Worten hatte Scoresby mich überredet, Elizabeth an Land zu bringen, um sogleich zur friedlich in der leichten Dünung stampfenden *Mary Russell* zurückzukehren.

»Ich hoffe, Sie halten mich nicht für jemanden, der sich am Unglück anderer weidet. Doch etwas derart Außergewöhnliches unbeachtet zu lassen, die Gunst des Augenblicks nicht zu nutzen, wäre für mich geradezu sündhaft.«

»Denken Sie nicht, dass der Coroner der Erste sein sollte, der sich um Opfer und Täter kümmert?«

»Er wird der Erste sein. Der erste offiziell bestellte Beamte, der vor Gericht aussagen wird. Doch wenn wir mit einem Schulterzucken auf etwas reagieren, das uns der Himmel direkt vor die Nase gesetzt hat, verlassen wir den Weg, den uns der Herrgott weist. Wir sind nicht zufällig hier, wir müssen die Prüfung, die auf uns wartet, akzeptieren und bestehen.«

Ich habe bereits erwähnt, dass Scoresby nicht an den Zufall glaubte. Er gehörte zu jenen, die meinen, die Welt bestünde aus Zeichen, die man entziffern müsse. Aus Zeichen, die, wenn man sie zu lesen verstand, den richtigen Weg durch das Labyrinth des Lebens wiesen.

Seine felsenfeste Überzeugung, die Zeichen richtig deuten zu können, bereitete mir Unbehagen. Wie konnte er, wie konnte irgendjemand so sicher sein?

Falls die Tatsache, dass wir unwillentlich auf die *Mary Russell* gestoßen waren, ein Zeichen Gottes war, hätte unsere Prüfung schließlich auch in der Entscheidung bestehen können, ob wir unserer natürlichen Neugier nachgeben würden oder nicht.

Und diese Prüfung hätten wir nicht bestanden.

III

Weniger als eine Stunde später, nachdem wir Elizabeth und zwei weitere Passagiere abgesetzt hatten, näherten wir uns der Brigg erneut von den geschäftigen Kais von Cove. Inzwischen war es bereits spät am Vormittag, und die Sommersonne strahlte von einem fast wolkenlosen Himmel. Unsere Barkasse ging längsseits des rahgetakelten Zweimasters, und als ich die Augen mit der flachen Hand gegen das gleißende Licht abschirmte und nach oben blickte, sah ich die undeutliche Gestalt eines Mannes, der an Deck patrouilliert und unsere Ankunft bemerkt hatte und nun zum Fallreep schlenderte.

Die ungewohnte Hitze und das Schaukeln machten mir zu schaffen. Ich riss mich jedoch zusammen und kletterte als Erster das Fallreep hinauf, um wie verabredet meine amtliche Würde ins Spiel zu bringen. Notfalls konnte ich auf ein paar Münzen in meiner Westentasche zurückgreifen.

Der Mann an Deck erwies sich als Zollbeamter, der zweifellos den Auftrag hatte, sensationslüsterne Einfaltspinsel abzuwimmeln. Ich kannte ihn vom Sehen: Joseph Barnes, ein dürres altes Männlein, dessen gerader Rücken und hochgestrecktes bartloses Kinn von einem selbstherrlichen Stolz kündeten, der eher zu Nelsons Flaggschiff als zu diesem kleinen irischen Kauffahrer gepasst hätte. Zu nervös, um Höflichkeiten auszutauschen, fragte ich ohne Umschweife, ob dies das Schiff sei, auf dem ein Mord begangen wurde.

»Ja, Sir.« Barnes reagierte einsilbig. Seine aufrechte Haltung war an diesem Tag wohl eher dem gestärkten Kragen und dem eng anliegenden Halstuch zu verdanken als einem unerschütterlichen Naturell. Überraschenderweise schien er froh über die unangemeldeten Besucher zu sein und machte keine Anstalten uns fortzuschicken.

»Dürfen wir einen Augenblick an Bord kommen, Barnes?

Darf ich Ihnen meinen Schwager, Reverend Scoresby, vorstellen?«

Der Zollbeamte riss die Augen auf und blickte zum wiederholten Mal über die Reling auf unsere Barkasse hinunter: »Käptn Scoresby, Sir? Reverend? Bitte entschuldigen Sie, dass ich Sie nicht sofort erkannt habe. Kommen Sie nur. Kommen Sie an Bord.«

Scoresby kletterte das Fallreep hinauf. Sein Blick schweifte über das Deck und fiel auf zwei bleiche, ausgemergelte Gestalten, die in Barnes' Kielwasser aufgetaucht waren. Zwei Knaben in Segeltuchhosen und schmutzigen Baumwollhemden, der eine vielleicht fünfzehn, der andere zehn oder zwölf Jahre alt. Scoresby nickte ihnen freundlich zu, und sie kamen langsam näher, hielten aber einen gewissen Abstand.

»Hier ist also ein Mord geschehen?«, wiederholte er meine erste Frage an Mr. Barnes, der zunächst schweigend nach achtern deutete. »Ja, ja, es ist entsetzlich. Wir haben das Oberlicht der Kajüte abgenommen, jemand hatte das Glas eingeschlagen. Ich darf Sie nicht hineinlassen, ehe der Coroner mir entsprechende Anweisungen gegeben hat. Aber wenn Sie möchten, können Sie vom Achterdeck in die Kajüte hineinschauen. Ich werd Sie nicht davon abhalten, Sir. Aber ich will Ihnen raten, es nicht zu tun. Um Ihres Seelenfriedens willen, tun Sie's nicht. Jesses, mir hat's den Magen umgedreht, obwohl ich schon so manches gesehen hab, und ich wünschte bei Gott, ich hätte dieses Schiff nie betreten.«

Auch wenn diese Worte in meinen Ohren allzu dramatisch klangen, spürte ich, dass Barnes es ernst meinte. Scoresby nickte abermals. Ich hatte zunächst vermutet, dass ihn nur die blanke Neugier antrieb – welcher Teufel mich geritten hatte, vermochte ich nicht so leicht zu benennen –, doch sein erst zögernder, dann strenger Blick verriet, dass er sich tatsächlich überwinden musste, aber den nächsten Schritt für seine Pflicht hielt.

Wir gingen langsam in die Richtung, die uns der Zollbeamte gewiesen hatte. Weder Barnes noch die beiden Schiffsjungen folgten uns. Der Eingang zur Kajüte befand sich backbords in der Nähe der Heckreling, so weit achtern, dass man von Deck oder von der Takelage aus nicht in die Kajüte hineinsehen konnte. Um zum Oberlicht zu gelangen, musste man zunächst über eine schmale Treppenleiter an Steuerbord auf das Achterdeck klettern. Die Öffnung war zu klein, um uns beiden gleichzeitig einen Einblick zu gewähren. Ich winkte also Scoresby zu, er solle den Anfang machen. Bevor er sich hinkniete, um in die Kajüte zu schauen, zog er ein Taschentuch hervor und hielt es vor seine Nase. Er schien eine Ewigkeit dort zu verharren.

Ich wartete unruhig. Das Knarren der Takelage, das Schlagen der kleinen Wellen gegen den Schiffsrumpf, die fernen Schreie der Möwen: all diese alltäglichen Geräusche wirkten auf einmal unwirklich wie eine Erinnerung an einen halbvergessenen Traum. Als ich Scoresbys Platz am Oberlicht einnahm, war meine anfängliche Neugier längst verflogen. Ich wollte nicht mehr wissen, was dort unten lag und Fliegen anlockte. Es gab eine unsichtbare Grenze zwischen meiner kleinen vorhersehbaren Welt aus Familienangelegenheiten und lokalen Geschäftsbeziehungen und der großen unbegreiflichen Welt, in der Willkür und Chaos regierten, die ich nicht zu überschreiten wagte. Und dennoch sah ich durch die Luke hinunter in einen Raum, der durch das Licht, das durch die Heckfenster einfiel, nur allzu großzügig erhellt wurde.

Im nächsten Moment hatte ich mich bereits abgewandt, war zu Reling geeilt und hatte mein reichhaltiges Frühstück hustend und würgend ins Meer gespuckt. Ich schämte mich dessen nicht, denn es war für mich die einzig denkbare Reaktion; das Taschentuch, das Scoresby mir reichte, lehnte ich jedoch dankend ab. Mein Schwager, der sonst nie um ein Wort verlegen war, schwieg und schien in Gedanken versunken. Er hatte dasselbe gesehen wie ich: einen engen Raum voller blutverkrusteter Leichen, bei denen bereits die Verwesung eingesetzt haben musste – wenn ich den süßlichen Geruch, der mir den Magen umgedreht hatte, richtig deutete. Doch an Scoresbys nachdenklichem Gesichtsausdruck konnte ich ablesen, dass er wirklich, nicht nur flüchtig hingesehen hatte und nun versuchte, das Gesehene zu verarbeiten und zu verstehen.

Er kehrte zurück zum Oberlicht. Nicht, um noch einmal in die Kajüte zu sehen, sondern um gesenkten Hauptes ein kurzes Gebet zu sprechen und sich zu bekreuzigen.

»Es gehört zu meinen Aufgaben, Menschen auf den Tod vorzubereiten«, sagte er wenig später mit leiser Stimme zu mir, als wolle er sich für sein Verhalten, das eher einem katholischen als einem protestantischen Geistlichen entsprach, entschuldigen. »Das ist der Grund, warum die Seeleute meine Kirche besuchen. Sie wissen, dass viele von ihnen nicht heimkehren werden. Für sie ist jede Welle der Grabstein eines Kameraden. Der Tod durch Schiffbruch, Krankheit oder Arbeitsunfälle ist für sie alltäglich. Die meisten von ihnen können nicht einmal schwimmen. Obwohl sie nicht fromm in unserem Sinne sind, sind sie sehr abergläubisch, und sie suchen Halt in jedem Wort, das ich ihnen predige.«

Scoresby schwieg erneut und sah mir unvermittelt in die Augen. »Aber das hier ... das hier!« Er zuckte die Schultern und wandte sich ab.

»Es hat wohl einen Kampf gegeben«, warf ich ein, um die bedrückende Stille zu brechen. »Ein Streit. Vielleicht ein Angriff. Piraten. Meuterei.«

Scoresby schüttelte den Kopf. »Haben Sie denn nicht gesehen, dass die Männer gefesselt waren?«

IV

Ich hatte nicht gesehen, dass die Männer gefesselt waren. Ich hatte sie nicht gezählt. Hätte ich nicht den Verwesungsgeruch wahrgenommen und gewusst, dass sie allesamt tot waren, hätte ich sie auch für eine Schar zerlumpter und schmutziger Matrosen halten können, die nach einer blutigen Schlägerei eng nebeneinander liegend ihren Rausch ausschliefen.

»Vielleicht kann Barnes uns erklären, wer diese Leute sind und was sich hier zugetragen hat.« Scoresby quittierte meinen Vorschlag mit einem kurzen Nicken, und wir verließen das Achterdeck, um mittschiffs mit dem Zollbeamten und den beiden Knaben zu sprechen.

Der Anblick der Schiffsjungen hatte mir von Anfang an Unbehagen bereitet. Nicht dass ich von ihnen saubere Fingernägel und sorgfältig gescheiteltes Haar erwartet hätte, aber ihre verwaschenen Baumwollhemden und Hosen waren schweißgetränkt und voller Flecken, und während der Jüngere mit leerem Blick in der Nase bohrte, zwinkerte und grinste der Ältere, als wolle er uns ein kleines, schmutziges Geheimnis verraten. Bald stellte ich jedoch fest, dass es kein vertrauliches oder gar anzügliches Grinsen war, sondern eine freudlos verzerrte Maske, hinter der man sich trefflich verstecken konnte.

Wir wechselten zunächst ein paar Worte mit Barnes. Er hatte nur wenig zu berichten. Die *Mary Russell* habe Maultiere nach Barbados gebracht und sei mit einer Ladung Zucker zurückgekehrt. Matrosen der *Mary Stubbs,* jenes Schoners, der in Rufweite ankerte, hätten die Brigg dreihundert Meilen vor der Südküste Irlands beigedreht vorgefunden und in den Hafen gebracht. Einige Verwundete befänden sich nun auf dem amerikanischen Schoner, während der Kapitän der Brigg, William Stewart, angeblich geflohen sei. Die Überlebenden hätten ihm die Schuld an dem Massaker gegeben.

»William Stewart?«, rief ich überrascht. Ich kannte diesen Kapitän als schmächtigen, unauffälligen, stets freundlichen, bei den Seeleuten und Hafenbeamten beliebten Mann um die fünfzig. Er wohnte mit seiner Frau Betsy und vier Kindern, das fünfte war unterwegs, in Cove, nicht weit von meiner Cousine. Es gelang mir nicht, sein schmales, großäugiges Gesicht mit den blutigen Bündeln in der Kajüte in Verbindung zu bringen.

Doch Barnes nickte bedächtig. »Stewart hat sich anscheinend ziemlich merkwürdig verhalten. Der Kapitän, der ihn aufgelesen hat, kann Ihnen sicher mehr sagen. Kapitän Robert Callendar aus St. Andrew's, New Brunswick. Die Jungs hier sind verstockt. Tun so, als ginge sie das alles nichts an. Stimmt's oder hab ich recht?«

Die beiden Schiffsjungen, Lehrlinge, fast noch Kinder, zuckten auf Barnes' Zuruf hin zusammen. Es dauerte lange, ehe der ältere ein trotziges »Ja, Sir« über die Lippen brachte.

Scoresby hatte die beiden Knaben nicht aus den Augen gelassen. Er lächelte und kramte in seiner Westentasche. Dann holte er einen Sixpence oder eine andere kleine Münze hervor und warf sie dem älteren Jungen zu, der sie geschickt aus der Luft fischte.

»Das war doch sicher nicht deine erste Fahrt?«, fragte Scoresby beiläufig und blickte über die Reling aufs Meer.

»Nein, Sir. Hab meine Lehrzeit fast fertig, Sir.«

»Und dein Freund?« Scoresby warf auch dem Jüngeren einen Sixpence zu.

»Scully hat noch ein paar Jahre zum Absitzen, Sir.«

Scully schien es nicht zu gefallen, dass man derart über ihn sprach, ohne ihn selbst anzusprechen. Er nahm den Finger aus der Nase, seine fahlen Wangen röteten sich. »Dank Ihnen, Sir. Recht schönen Dank, Sir«, murmelte er, ohne weiter auf die Fragen einzugehen, und biss geistesabwesend auf die Münze.

»Mr. Scully und Mr. ...«

»Deaves, Sir, John Deaves.«

»Gab's noch andere Lehrlinge auf dem Schiff?«

»Nur Henry Rickards, Sir, unser Jüngster. Aber der ist drüben bei den Jonathans – na, bei den Johnnies, den Amerikanern, Sir«, fügte Deaves hinzu, als Scoresby verständnislos die Augenbrauen hochzog. Der Reverend schlenderte über das Deck und lehnte sich über die Reling, um den amerikanischen Schoner in Augenschein zu nehmen. Das Schiff, ein Zweimaster, war nicht viel größer als die *Mary Russell*, aber etwas schmaler, mit schlankem, schneidigem Bug: Eine junge Dame, die neben einer etwas in die Jahre gekommenen Matrone ruhte.

»Habt ihr euch den Schoner mal angesehen?«, rief Scoresby den beiden Knaben über die Schulter zu. »Ein feines Schiff. Habt ihr mit Kapitän Callendar gesprochen?«

Scully schwieg und regte sich nicht, Deaves zuckte lediglich mit den Schultern. »Der Käptn hat uns befohlen hierzubleiben.«

»Kapitän Stewart?«

»Nein, Kapitän Callendar, Sir. Wollte uns wohl von den Meuterern trennen, nehm ich an, Sir.«

»Welchen Meuterern?«

»Na, Smith und Howes, Sir.«

Scoresby bohrte freundlich, aber entschlossen weiter, doch es dauerte lange, ehe wir ein halbwegs klares Bild von den Verhältnissen an Bord der *Mary Russell* bekamen. Neben den drei jungen Lehrlingen hatte die Besatzung aus sieben Mann bestanden: Kapitän Stewart, William Smith, der Erste Steuermann, William Swanson, der Zweite, John Cramer, Zimmermann, und die drei Vollmatrosen, John Howes, Francis Sullivan und John Keating. Auch seien einige Passagiere an Bord gewesen: die Stallknechte Timothy Connell und James Morley, die sich auf der Fahrt nach Barbados um die Maultiere gekümmert hatten, ein Knabe namens Thomas Hammond, der schwer krank gewesen war und seine Koje nicht hatte verlassen können, sowie ein gewisser James Raynes, ein alter Seemann auf der Heimreise nach Irland.

Deaves behauptete steif und fest, die gesamte Mannschaft habe sich mit diesem Raynes gegen Stewart verschworen und eine Meuterei angezettelt, doch der Kapitän hätte rechtzeitig Lunte gerochen und dem Schurkenstück ein Ende gemacht.

»Mein Vater hatte einmal mit Meuterern zu tun«, sagte Scoresby im Plauderton. »Man hatte ihm das Kommando über einen Grönland-Walfänger anvertraut. Die Offiziere waren allesamt älter und erfahrener als er und widersetzten sich seinen Befehlen. Sie hetzten die Mannschaft gegen ihn auf. Schließlich trat der Anführer der Meuterer meinem Vater entgegen. In der Hand ein Kappbeil, um ihn zu erschlagen. Ihr müsst wissen, mein Vater war ein Riese von einem Mann. Größer als ich und viel stärker. Er hatte Fäuste wie Schmiedehämmer und einen Schädel aus Eichenholz. Und was tat dieser Teufelskerl?«

Die Knaben starrten Scoresby mit großen Augen an, als er mitten in seiner Geschichte innehielt.

»Na, er packte den Meuterer am Kragen und schleuderte ihn quer über das Deck in die Arme seiner Spießgesellen. Und danach stellte niemand je wieder seinen Kapitänsrang infrage.«

»Ja«, knurrte Deaves leise wie im Selbstgespräch, »Meuterer müssen weg!«

»Euer Kapitän hätte gewiss dasselbe getan«, meinte Scoresby, drehte sich um und verschränkte die Arme vor der Brust. Er fixierte die Schiffsjungen mit seinen dunklen, unergründlichen Augen. Sie wichen seinem strengen Blick aus und zuckten schwächlich mit den knochigen Schultern. Für mich sahen sie nun wirklich wie die Kinder aus, die sie waren. Sie schwankten zwischen Trotz und Hilflosigkeit. Sie wussten offensichtlich, dass etwas ganz und gar falsch war, konnten es aber nicht benennen.

Ich stellte mir vor, wie William Stewart eine Meuterei niedergeschlagen hätte. Ein schmächtiger, älterer Mann mit spärlichem rotblonden Haar und der gebeugten Statur eines Dorfschullehrers. Hätte er wie der alte Scoresby gehandelt? Ich konnte mir beim besten Willen nicht vorstellen, wie Stewart einen Widersacher entwaffnet, geschweige denn, ihn quer über das Deck schleudert.

Und doch: Kapitän Stewart lebte und die Meuterer – wenn sie denn Meuterer waren – lagen tot oder schwer verletzt in der Kajüte. Ein Gespräch mit den Überlebenden würde zweifellos mehr Licht in diese rätselhafte Geschichte bringen.

»Glauben Sie denen bloß kein Wort«, rief Deaves uns nach, als er bemerkte, dass wir zum Fallreep gingen, um in die träge schaukelnde Barkasse zu steigen. Er schien zu ahnen, wen wir als nächste zu befragen gedachten. Scoresby winkte dem Jungen zum Abschied freundlich zu. Dann bat er die Bootsführer, uns zur *Mary Stubbs* zu rudern.

»Es ist klar, dass diese Jungs Schlimmes erlebt haben«, sagte Scoresby zu mir. »Sie stehen unter Schock. Was auch immer sie getan haben, sie klammern sich an die Illusion, dass es das Richtige war und sie nicht anders hätten handeln können.«

Während Scoresby mit Deaves gesprochen hatte, hatte ich die vom Schiffsjungen erwähnten Namen mit einem Bleistift in meinen Taschenkalender eingetragen, so wie ich es auch bei den weit banaleren Fällen zu tun pflegte, die am Magistrate's Court verhandelt wurden. Ich hatte immer schon Schwierigkeiten, all diese Bobs und Bills auseinanderzuhalten. Nun ging ich die kurze Liste noch einmal durch.

»Wenn wir von der Annahme ausgehen, dass hier wirklich eine Meuterei stattgefunden hat«, grübelte ich halblaut, »wäre es ein äußerst ungleicher Kampf gewesen. Der Kapitän und zwei oder drei Schiffsjungen gegen neun erwachsene Männer, Seeleute und Passagiere. Der kranke Junge ...«

»... Hammond.«

»Ja, Hammond, war wohl zu schwach, um sich auf eine Seite zu schlagen. Über Rickards, den dritten, jüngsten Schiffsjungen, haben Scully und Deaves nichts Eindeutiges gesagt. Sie haben ihn nicht als Meuterer bezeichnet, so wie Smith und Howes. Da er aber auf den Schoner gewechselt ist, zählt er entweder zu den Verletzten oder Kapitän Callendar wollte ihn von seinen beiden älteren Kameraden trennen.«

»Den wahren Grund werden wir gleich erfahren«, erwiderte Scoresby und erhob sich, um die Fangleine, die man uns vom Deck der *Mary Stubbs* zuwarf, am Bug unserer Barkasse festzumachen.

Mir fiel ein, dass Elizabeth wohl bereits auf uns wartete, und machte eine entsprechende Bemerkung. »Kommt sie damit zurecht, was meinen Sie?« Seine Frage klang ein wenig unsicher.

»Es mangelt ihr nicht an Verständnis, aber geben Sie ihr nie das Gefühl, übergangen zu werden.« Sie würde sich wie all die Seemannsfrauen ans Warten gewöhnen müssen, insbesondere bei einem Mann wie Scoresby. Nach einem letzten Blick auf die *Mary Russell* folgte ich dem schwarzen Rock des Reverends an Bord des amerikanischen Schoners.

V

Erst als ich das sauber geschrubbte Deck der *Mary Stubbs* betrat, fiel mir auf, welch eine unheimliche Stimmung auf der *Mary Russell* geherrscht hatte. Der Grund dafür war wohl nicht nur das verborgene Schlachthaus der irischen Brigg gewesen, sondern vor allem auch die freudlosen Gesichter der Schiffsjungen und des einsamen Zollbeamten, die den Eingang zu einem schmutzigen Totenreich bewacht hatten. Der Schoner indes war ein Schiff der Lebenden. Rauch stieg aus der Kombüse auf, wo der Smutje gerade das Mittagessen zubereitete. Zwei Matrosen besserten Segel aus und spleißten Taue, während einer ihrer Kameraden seine Freiwache nutzte, um eine Pfeife zu rauchen und etwas zu schnitzen, das wie ein Pferdchen aussah. Der junge Mann, der uns die Fangleine zugeworfen hatte, ein strammer Bursche, sonnengebräunt, mit blondem Bart, spukte Tabaksaft über die Reling und begrüßte uns leutselig. Er kannte Scoresby, oder glaubte ihn zu kennen, denn er hatte mehrmals seinen Predigten in der *Floating Chapel* im Hafen von Liverpool gelauscht. Dies schien ihm zu genügen, um ihn als eine Art Blutsverwandten zu betrachten.

»Die Jungs respektieren ihn«, vertraute er mir gutgelaunt an. »Er ist einer von uns. Einige Kameraden nennen ihn Captain Sleet.« – Kapitän Hagelkorn – vermutlich weil er seine Predigten so gern mit Anekdoten von seinen Grönlandfahrten würzte. Scoresby hatte uns in den letzten Tagen häufig mit denselben Geschichten traktiert: Wie der Schiffsarzt auf einen Mann schoss, der sich als Robbe verkleidet hatte; wie Scoresby Senior einen Eisbären zähmte und nach London brachte; und dergleichen mehr. Auf diese Weise schlich er sich in die Herzen seiner Zuhörer, auch wenn er vielleicht lieber an ihren Verstand appelliert und sie mit schockierenden Wahrheiten wachgerüttelt hätte.

Scoresby dankte dem Amerikaner wortreich und überschwänglich, sodass dieser schließlich mit einem seligen Lächeln von dannen zog, um Kapitän Callendar zu holen. Der Kapitän ließ nicht lange auf sich warten: Ein schlaksiger Mann mit krausem Knebelbart und einem verkniffenen Gesichtsausdruck schlenderte auf uns zu und gab uns schweigend die Hand. Ich übernahm die Aufgabe, uns vorzustellen, doch er zuckte mit keiner Wimper, als ich Scoresbys Namen aussprach. Dass er noch nie von ihm gehört hatte, war allerdings höchst unwahrscheinlich.

Bald stellte sich heraus, warum Kapitän Callendar so griesgrämig dreinschaute: Er wartete ungeduldig auf den Coroner, denn er hoffte, mit der nächsten Flut wieder in See stechen zu können, nachdem er seine Aussage gemacht und die Überlebenden der *Mary Russell* an Land gebracht hätte. Wir waren für ihn nur lästige Fremde, die ihm zweifellos dieselben Fragen stellen wollten, wie der Coroner es noch tun würde, aber ohne dessen Befugnisse. Wir waren Zeitverschwendung. Scoresby gelang es, den Kapitän von dieser offensichtlichen Tatsache abzulenken, indem er ihn nach seiner Fracht fragte.

»Holz, das beste. Weißkiefer aus den kanadischen Provinzen, Sir, das beste Bauholz, das man sich vorstellen kann.« Callendar pries in schlichten, manchmal undeutlichen Worten die Vorzüge amerikanischer Rohstoffe und klang dabei eher wie ein Handelsvertreter. Sein Geld hatte er in jungen Jahren bei den Waldarbeitern verdient, die mit dem Hochwasser der ersten Wochen des Frühjahrs im Winter geschlagene Baumstämme zu den flussabwärts gelegenen Sägemühlen flößten. Eine gefährliche Arbeit, weit gefährlicher noch als die Seefahrt, behauptete er. Doch habe er sich nur einen Zwiebackwurf von seinen Ursprüngen entfernt, indem er nun die Bretter, Dielen und Dauben seiner Heimat über den großen Ozean brachte.

»Nach Cork?«, fragte Scoresby.

»Belfast, Sir«, erwiderte Callendar mürrisch, als hätte ihn ein unerwünschter Gedanke aus einem Tagtraum gerissen. »Und wir sollten längst unterwegs sein. Aber ich konnte den alten Stewart unmöglich im Stich lassen.«

Nachdem Scoresby sein Bedauern eloquent zum Ausdruck gebracht und laut darüber nachgedacht hatte, wie gut ein neuer Schrank aus Weißkiefernholz in seinem Arbeitszimmer in Liverpool aussehen würde, erzählte der amerikanische Kapitän mit knarrender Stimme seine merkwürdige Geschichte:

Die *Mary Stubbs* hatte auf Barbados Station gemacht und war einen Tag nach der *Mary Russell* mit Kurs auf Irland in See gestochen. Am Montag, den 23. Juni, gegen acht Uhr morgens, rund dreihundert Meilen vor der irischen Küste, hatte die Wache des Schoners ein fremdes Schiff ausgerufen. Callendar war an Deck erschienen und hatte nach einem kurzen Blick durch das Fernglas die Brigg seines alten Freundes William Stewart erkannt. Doch etwas sei ganz und gar ungewöhnlich gewesen:

»Wir hatten eine günstige Brise und liefen geradewegs auf Cape Clear zu. Ich konnte nicht begreifen, warum Stewart die Brise nicht nutzte. Das Großsegel war dicht gerefft, das Schiff lag beigedreht. Ich griff erneut zum Fernglas, um nach Anzeichen für Seenot zu suchen. Die Decks waren wie leergefegt, als wär keine Menschenseele an Bord. Ein regelrechtes Geisterschiff, Sir. Dann sah ich, dass man die Flagge falsch herum, also mit der Gösch nach unten, gehisst hatte, und das ist, wie Sie wohl wissen, auch bei uns ein gebräuchliches Notsignal.

Wir nahmen also Kurs auf die Brigg, holten sie mühelos ein und umsegelten sie, um ihr Hilfe anzubieten. Nichts regte sich, obwohl wir immer wieder unseren Namen ausriefen und Stewart aufforderten, uns zu antworten.

Schließlich, als wir dwars zum Heck liefen, öffnete sich eines der beiden Kajütfenster. Jemand winkte uns zu. Kapitän Stewart. Er winkte mit einem Flakon oder einer Schnupftabakdose, ich konnte es nicht genau erkennen.

Er rief: ›Um Gottes Willen, helfen Sie mir!‹ Und als ich ihn fragte, was los sei, antwortete er: ›Meuterei! Meuterei! Die Crew hat sich gegen mich erhoben. Acht Mann sind tot. Einer ist entkommen.‹ Er wiederholte das immer wieder und drohte, er werde über Bord springen, falls wir ihm nicht helfen würden. Stewart rannte aus der Kajüte aufs Achterdeck und kletterte auf die Heckreling, wohl um seiner Drohung Nachdruck zu verleihen. Ich rief, er solle sich beruhigen, und versprach, ihm zu helfen. Dann befahl ich den Männern längsseits zu gehen und das Beiboot zu wassern.

Als wir uns dem Fallreep der *Mary Russell* näherten, begrüßte Stewart uns herzlich, übertrieben herzlich, und meinte, wir müssten keine Angst haben. Die Meuterer seien besiegt. Nur einer sei noch am Leben. Ich stieg an Bord und sah mich aufmerksam um. Das Deck war verlassen, bis auf Kapitän Stewart, der mir mit unpassend fröhlicher Miene seine Pistole reichte und mir winkte, ich solle ihm aufs Achterdeck folgen.

Bevor ich fortfahre, muss ich Ihnen sagen, dass ich William Stewart gut kenne. Ich kenne ihn als ehrenwerten und zuverlässigen Mann und Schiffsführer. Ich kann mich nicht erinnern, je etwas Schlechtes über ihn oder sein Kommando gehört zu haben. Er ist bei den Offizieren ebenso beliebt wie bei den Matrosen. Freundlich und gleichmütig. Nur wenige Kapitäne der Handelsmarine genießen ein solches Vertrauen bei der Crew wie auch bei den Reedern. Tatsächlich hatte einer von Stewarts Reedern, Mr. James Hammond, dem Kapitän sogar seinen schwerkranken Sohn Tom anvertraut, in der Hoffnung, dass ihn die Seeluft und das Klima auf Barbados kräftigen würde. Stewart verhielt sich sonderbar, doch mir stand es nicht zu, an seinen Worten zu zweifeln. Er marschierte mir breitbeinig voran auf das Achterdeck, ging zum Oberlicht und zerbrach mit einem kräftigen Tritt das Glas, sodass ich nach unten in die Kajüte sehen konnte.

Haben Sie es bereits mit eigenen Augen gesehen? Nun, dann muss ich es Ihnen nicht lang und breit beschreiben. Die Gesichter waren zwar blutverschmiert und teils durch grobe Schnitte und Hiebe entstellt, doch erkannte ich einige von ihnen wieder: Es waren Mitglieder der Crew, die ich schon auf Barbados getroffen hatte, und einige Passagiere. Unter ihnen auch Kapitän Raynes, ein alter Seebär und ein guter Kerl. Alle tot, alle erschlagen.

Stewart bat mich, ihn in die Kajüte zu begleiten. Er schien angesichts des entsetzlichen Blutbads wenig beeindruckt. ›Da liegen sie‹, sagte er abfällig, ›wie die Lämmchen beim Schlachter.‹

Er behauptete, dass Raynes und der Matrose Howes sich gegen ihn verschworen hätten. Er habe ihre Pläne durchkreuzt, indem er zunächst alle Navigationsinstrumente und Seekarten über Bord geworfen hätte. Sie hätten ihm keine Ruhe gelassen, sodass er siebenundzwanzig Tage und Nächte keinen Schlaf gefunden und jederzeit mit Mordanschlägen gerechnet habe. Seine Angaben wirkten schlüssig. Er zeigte mir sogar ein Dokument, die Aussage des Lehrlings John Deaves, der durch seine Unterschrift bestätigt hatte, dass eine Meuterei an Bord der *Mary Russell* geplant, durchgeführt und niedergeschlagen worden sei.

Deaves und zwei weitere Schiffsjungen warteten in einer kleinen Kabine, die man über die Kajüte erreichen konnte. Sie starrten mich schweigend an wie junge Waldkäuze, die aus dem Nest gefallen sind. Alle drei waren an den Händen gefesselt und wurden anscheinend von einem bleichen Knaben bewacht. Auf den zweiten Blick erkannte ich ihn als den Sohn des Reeders. Er war nicht gefesselt und hielt eine Pistole, die in seinen schmalen knochigen Händen irrwitzig groß aussah. Er lag in der Koje, hatte aber seinen Kopf so gegen die Wand gelehnt, dass er alles in der Kajüte überblicken konnte. Keiner sagte ein Wort.

Stewart bat mich, ihm bei der Suche nach dem letzten Meuterer zu helfen, dem Matrosen John Howes, der sich angeblich irgendwo unter Deck versteckt hielt und den er wegen seiner enormen Kraft und Größe zu fürchten schien. Ich versprach es ihm und auch, ihn unversehrt zu Frau und Kindern nach Cove zurückzubringen. Er zeigte sich gerührt und dankte mir mit Tränen in den Augen.

Meine Männer halfen bei der Suche nach Howes. Wir durchstöberten das Zwischendeck und den mit Zuckerfässern gefüllten, dunklen Frachtraum. Nach kurzer Zeit hörten wir einen Schrei. Stewart hatte die Luke zum Vorderdeck geöffnet und in der Dunkelheit eine Bewegung oder ein Geräusch wahrgenommen. Ich stieg nach unten, um der Sache nachzugehen. Und tatsächlich: Howes hatte sich unter ein paar leeren grobmaschigen Säcken versteckt, sie über sich gebreitet wie ein Bettler, der auf der Straße schläft. Ich rief seinen Namen. Offenbar erkannte er meine Stimme, denn er antwortete keuchend: ›Kapitän Callendar?‹

Als er schließlich hervorkroch und in das Licht trat, das durch die Luke einfiel, glich sein Gesicht einer dunkelroten Fratze. Ich sagte ›ja‹ und befahl dem Matrosen, mir an Deck zu folgen. Er nickte lediglich und schien erleichtert, sein Versteck verlassen zu können. Bevor er an Deck ging, rief er nach jemandem, der sich offenbar noch in der Dunkelheit verbarg. Der zweite Mann sprach kein Wort. Er trug nichts als ein blutverkrustetes Hemd und schlurfte kraftlos auf die Leiter zu. Ein Ohr war zerfleischt, ein Auge ausgestochen. Ich musste ihm helfen, an Deck zu gelangen.

Als Stewart diesen Mann durch die Luke kommen sah, wich er erschrocken zurück und schrie: ›Smith! Sie sind nicht tot!‹

Die Jammergestalt schüttelte den Kopf und taumelte ein paar Schritte wie ein Schlafwandler, der nach seiner Koje sucht.

›Er ist nicht tot‹, wiederholte der Kapitän. Dann sagte er zu Smith: ›Sie sind unschuldig. Gott hat Ihr Leben verschont. Es tut mir leid, dass Sie verletzt wurden. Sie sind kein Meuterer. Sie sind kein Meuterer. Aber Sie waren dabei, Sie können es bezeugen. Sie haben das Geständnis gehört.‹

Smith war zu schwach, um klar und deutlich zu antworten.

Er murmelte etwas wie: ›Sie haben gestanden.‹ Kapitän Stewart legte es freudig als Bestätigung aus, doch Smith schien Angst zu haben. Sein unversehrtes Auge suchte ruhelos nach einem Fluchtweg.

Ich wusste beim besten Willen nicht, wie ich die Lage einschätzen sollte. Mir schien es auf jeden Fall sicherer zu sein, die beiden Verletzten und den kranken Jungen mit dem Jüngsten der Lehrlinge als Pfleger schnellstmöglich auf die *Mary Stubbs* zu schaffen.

Zwei Männer aus meiner Crew sollten Stewart und den beiden älteren Schiffsjungen helfen, die Brigg in den Hafen zu bringen. Der Kapitän der *Mary Russell* willigte sofort ein, bestand aber darauf, dass man Howes die Hände fesselte, damit er kein Unheil anrichten könne. Er schien diesen Mann, der trotz schwerer Kopfwunden aufrecht und selbstbewusst dastand, für einen unbezwingbaren Teufel zu halten. Ich kannte Howes nur als friedfertigen, fleißigen Seemann. Um Stewart zu beschwichtigen, legte ich ihm dennoch eigenhändig lockere Fesseln an, die ich wenig später an Bord des Schoners auch eigenhändig wieder abnahm.

Das alles geschah montags. Wir verabredeten, in Sichtweite zu bleiben, bis wir Cork Harbour erreichten. Am Mittwoch, den 25. Juni, ließ ich mich noch einmal zur *Mary Russell* rudern, um nach meinen Männern zu sehen. Ihnen missfiel die Aufgabe, die ich ihnen aufgebürdet hatte. Sie schliefen nicht, aus Angst, im Schlaf ermordet zu werden. Kapitän Stewart schlief ebenfalls nicht, da er ihnen misstraute, und er behielt sie ständig im Auge. Ich tat mein Bestes, ihn zu beruhigen. Erzählte ihm, dass meine Männer keinerlei böse Absichten hegten und nur das Eine wollten: das Schiff in den Hafen bringen.

Stewart sah mich an, sein Blick abwesend, die Augen leer. ›Gott helfe uns allen‹, sagte er. Dann kletterte er auf die Pütting des Großmastes und sprang ins Meer.«

VI

Kapitän Callendar schwieg einen Moment. Er verzog die Mundwinkel zu einem schiefen Lächeln, als erwarte er nicht, dass wir ihm seine Geschichte abkauften. In meinen Ohren klang das alles tatsächlich allzu sehr nach Groschenroman.

»Stewart sprang über Bord. Er hatte so oft gedroht, genau dies zu tun, dass niemand mehr damit rechnete, dass er tatsächlich den Mumm dazu hatte. Mein Beiboot war am Heck vertäut. Glücklicherweise sind meine Männer waschechte Yankees und recht flink auf den Beinen. Sie sprangen ins Boot, ruderten um die Brigg herum und fischten Stewart aus dem Wasser. Es war nicht ganz klar, ob er sich ersäufen oder zur Küste schwimmen wollte. Als ich ihn zur Rede stellte, zuckte er lediglich die Achseln. Er wirkte benommen, aber mir schien, das kühle Bad habe ihn einigermaßen beruhigt. Doch weit gefehlt! Kaum war ich in das Boot geklettert, um zur *Mary Stubbs* zurückzukehren, stürzte sich der Unglückselige erneut in die Fluten. Wir fischten ihn abermals heraus, gaben ihm einen Schluck Rum zu trinken und fesselten ihm kurzerhand die Beine, damit er uns nicht ein drittes Mal entwischte.

Meine Männer hatten inzwischen die Nase voll von Stewarts Sperenzchen. Er war unberechenbar. Auch wenn er äußerlich ganz ruhig und gefasst wirkte, konnte er doch jeden Augenblick zur Gefahr für sich selbst und andere werden. Schließlich beschloss ich, ihn mit auf mein Schiff zu nehmen, wo ich mich besser um ihn kümmern konnte. Ich gab ihm eine Tasse starken schwarzen Kaffees, die ihm sichtlich gut tat. Er seufzte, entspannte sich schließlich und entschuldigte sich sogar für sein Verhalten. Er habe kaum geschlafen, wiederholte er immer wieder. Er habe ständig um sein Leben fürchten müssen. Es sei furchtbar, ständig hintergangen und getäuscht zu werden. Ich klopfte ihm auf die Schulter und bot ihm eine Koje an. Sagte ihm, er solle sich erst einmal richtig ausschlafen. In wenigen Stunden würden wir den Hafen erreichen. Er lehnte dankend ab und wollte lieber an Deck bleiben und nach Land Ausschau halten, das bald in Sicht käme. Nun hatte ich leider vergessen, dass die beiden mutmaßlichen Meuterer von der *Mary Russell*, Howe und Smith, sich ebenfalls an Deck aufhielten. Kaum hatte Stewart sie erblickt, da rannte er auch schon in die Kajüte. Kurz darauf kehrte er mit einer Gabel zurück, der einzigen Waffe, die er auf die Schnelle zu seiner Verteidigung hatte finden können. Tatsächlich fürchtete er sich noch immer vor den beiden schwerverletzten Seeleuten. Doch diese wollten einfach nur in Ruhe gelassen werden und willigten ein, die Stunden bis zu unserer Ankunft in der Back zu verbringen.

Stewart blieb an Deck. Er starrte unentwegt aufs Meer hinaus. Gott weiß, was ihm dabei durch den Kopf ging. Er schwieg, auch wenn er direkt angesprochen wurde. Erst als wir drei irische Schaluppen vor Cape Clear sichteten, zeigte er Interesse und schlug vor, an eines der Schiffe heranzusegeln, um ein paar seemännische Informationen auszutauschen. Ich hielt den Vorschlag durchaus für sinnvoll, da vor der Küste Nebel aufkam und ich gern mehr über die genaue Lage von Untiefen und Sandbänken erfahren hätte. Wir nahmen also Kurs auf einen der kleinen Einmaster, die ich für gewöhnliche Fischerboote hielt. Doch kaum waren wir auf Rufweite herangekommen, sprang Stewart abermals ins Meer. Durch das Sprechrohr rief ich die Fischer und bat sie, den Mann zu retten und zurückzubringen. Ich weiß nicht, ob sie mich wirklich verstanden haben. Sie winkten und riefen ›Aye‹. Stewart schwamm direkt auf sie zu, und sie halfen ihm an Bord. Doch anstatt längsseits zu gehen und den Flüchtigen auszuliefern, setzten sie sich ab und liefen auf die Küste zu. Kapitän Stewart habe ich seither nicht mehr wiedergesehen. Nicht, dass ich ihm eine einzige Träne nachweinen würde, schließlich hat er mir genug Ärger eingebrockt. Aber er ist kein schlechter Mensch, und ich hoffe um seiner selbst und seiner Familie willen, dass sich diese Sache rasch aufklärt.«

»Ich hatte angenommen, dass Kapitän Stewart in Gewahrsam sei«, sagte Scoresby, der mittlerweile seinen schwarzen Gehrock abgelegt und die Hemdsärmel hochgekrempelt hatte. Es war ungewöhnlich heiß, doch ich hatte die sommerliche Mittagshitze kaum gespürt, so gebannt hatte ich Callendars Bericht gelauscht.

»Zur Hölle, nein«, grummelte der Amerikaner. »Stewart ist ausgebüxt. Bei jedem anderen hätte ich das als Geständnis gewertet. Bei ihm bin ich mir einfach nicht sicher. Hat er all diese Männer auf dem Gewissen? Ich kann es mir nicht vorstellen. Er ist niemals gewalttätig gewesen und hat auch nicht das Temperament eines Gewalttäters. Er ist kein Trinker, der im Suff gern über die Stränge schlägt. Kein Schläger, kein Rabauke, sondern ein gottesfürchtiger Familienvater. Ich vermute, er war in einer Situation, die ihm keine andere Möglichkeit ließ, als gegen seine eigene Crew vorzugehen. Vielleicht hat die Crew eines anderen Schiffes ihm geholfen? Oder Satan persönlich hat an Bord der Brigg gewütet!«

»Nichts geschieht ohne Grund«, murmelte Scoresby halblaut. »Es liegt an uns, die Lektionen unseres Herrn zu verstehen. Aber in diesem Fall ...« Er schüttelte den Kopf und verstummte.

Ich fragte mich, warum wir immer höhere Mächte dafür verantwortlich machen, sobald etwas Schreckliches oder Unbegreifliches geschieht. Als ob Menschen unfähig wären, Böses zu tun.

»Wenn wir davon ausgehen, dass keine Fremden vorübergehend an Bord waren, gibt es wohl nur zwei Möglichkeiten«, schlug ich vor. »Entweder die Crew hat gemeutert und der Kapitän hat sich mithilfe der Schiffsjungen gegen sie verteidigt oder der Kapitän hat den Verstand verloren und ist wie ein malaiischer Amokläufer über Mannschaft und Passagiere hergefallen.«

Der Kapitän zeigte sein schiefes Lächeln. »Sie waren auf Java?« Ich lächelte ebenfalls, allerdings aus Verlegenheit. Ich wollte nicht eingestehen, dass ich den Begriff nur aus Büchern kannte. Er fuhr fort: »Wir ankerten vor ein paar Jahren vor Batavia. Dort stehen in regelmäßigen Abständen kleine Bambushütten am Straßenrand. Darin findet man ein längliches, ausgehöhltes Holzstück, Tongtong genannt, und einen Klöppel. So wie unsere Kirchenglocken erschallt es zu jeder vollen Stunde. Man schlägt das Tongtong aber auch zur Warnung vor Eingeborenen, die manchmal aus unersichtlichen Gründen in Raserei verfallen, blindwütig durch die Stadt laufen und jeden angreifen, der ihnen in die Quere kommt. In unserem Fall ging der Täter jedoch vollkommen kaltblütig zu Werke: Vergessen Sie nicht, dass die Männer in der Kajüte der *Mary Russell* allesamt gefesselt waren.«

»Genau das ist es, was ich nicht begreifen kann«, sagte Scoresby. »Die Opfer in der Kajüte waren gefesselt, und Sie sagten vorhin, dass auch die drei Lehrlinge in der Kabine gefesselt gewesen waren. Die einzigen ohne Fesseln waren also, abgesehen von Kapitän Stewart, die beiden Überlebenden des Massakers, Smith und Howes, sowie der kranke Junge. Wie hieß er doch gleich?«

»Hammond. Ich habe ihn noch nicht befragen können. Er ist sehr krank. Schwindsucht oder Schlimmeres. Ich bin froh, dass er schläft. Der kleine Rickards passt auf ihn auf, bis der Coroner kommt. Dann schicken wir ihn nach Hause zu seiner Familie. Ich habe seinen Vater bereits benachrichtigt. Wenn Sie möchten, können wir später nach den beiden Knaben sehen. Smith und Howes habe ich ins Zwischendeck geschickt. Smith ist noch sehr schwach und bringt kaum ein Wort über die Lippen. Schätze, er ist nur knapp mit dem Leben davongekommen. Ebenso Howes, doch der ist aus ganz anderem Holz geschnitzt. Er wird Ihnen nur allzu gern seine Geschichte erzählen.«

Scoresby und ich folgten dem amerikanischen Kapitän ins Vorschiff, wo wir durch eine Luke ins Zwischendeck zu den Mannschaftsquartieren hinabstiegen. Die Back, wo die einfachen Matrosen schliefen und aßen, war ein schmaler, fensterloser Raum mit zwei übereinanderliegenden Kojen an beiden Seiten und Haken, an denen man Hängematten festmachen konnte. Eine Öllampe, die von der Decke herabhing, sorgte für schummrige Beleuchtung. In der Mitte des Raumes stand ein Tisch, der sonst nur zu den Mahlzeiten aufgeklappt wurde. Es roch nach dem billigen Kraut, das Matrosen in ihre Tonpfeifen stopfen und dessen Rauch wohl seit jeher die Planken aller Mannschaftsquartiere der christlichen und womöglich auch der heidnischen Seefahrt schwärzt.

Am Tisch saß ein Mann und starrte auf einen Zinnbecher, den er mit seinen Händen umfasst hielt, als wolle er sich trotz der im Zwischendeck herrschenden bleiernen Schwüle daran wärmen. Die rechte Hand wies zwischen Daumen und Zeigefinger eine hässliche Wunde auf, die nur notdürftig gereinigt worden war. Ich bemerkte einen zweiten Mann, der zusammengekrümmt in einer Koje lag. Auch er schien zu frieren: Er zitterte unter der braunen Wolldecke, in die er sich eingewickelt hatte, und reagierte nicht auf unser Eintreten.

»Howes?«, sagte Callendar, »die beiden Herren würden sich gern mit Ihnen unterhalten. Reverend Scoresby und ... äh ... Colonel Fitzgerald.«

Howes blickte auf. Das, was ich zunächst für ein dunkles Schweißtuch gehalten hatte, war tatsächlich ein schlichter Verband, fest um die Stirn gewickelt und blutgetränkt. Der Seemann wirkte sogar im Sitzen riesenhaft, mit seinen breiten Schultern und dicken Oberarmen. Sein schwarzes Haar hatte er zu einem langen Zopf geflochten, doch sein zernarbtes und zerfurchtes Gesicht passte nicht recht zu dem fast jugendlich strammen Körper. Ebenso wenig seine Augen. Alte Augen, die zweifellos die ganze Welt gesehen hatten, auch wenn diese Welt für ihn letztendlich immer nur aus Planken, Masten, Tauen und Spieren bestand. Männer wie er fühlten sich nur seewärts von der Küste zu Hause, kannten die Namen der Sterne und konnten aus Formen und Farben der Wolken die nahe Zukunft, Sturm oder Flaute, vorhersagen.

VII

Howes winkte uns müde heran, und wir setzten uns zu ihm an den Tisch, in den schon so mancher Matrose seine Initialen und andere obskure Symbole geritzt hatte.

»Haben sie Stewart erwischt?«, fragte Howes Kapitän Callendar, der den Kopf schüttelte. »Ich habe nichts dergleichen gehört, aber es ist wohl nur eine Frage der Zeit. Sobald er wieder einen klaren Kopf hat, wird er sich freiwillig stellen.«

Würde er das?, fragte ich mich im Stillen. Sein Verhalten schien bislang vollkommen unberechenbar gewesen zu sein, und ich hielt es in Anbetracht der Umstände durchaus für möglich, dass er spurlos verschwinden würde.

»Wenn die Sache vor Gericht kommt, wird man vielleicht uns und nicht ihn für verrückt erklären«, beklagte der Seemann und nahm einen tiefen Zug aus dem Zinnbecher. »Und wahrscheinlich sind wir das auch. Niemand, der nicht sternhagelvoll oder wirr im Kopf ist, würd uns diese Geschichte abkaufen.«

»Man wird Ihnen glauben«, versicherte ich ihm, »wenn Sie bedingungslos ehrlich sind und nichts verheimlichen.«

Daraufhin lachte er nur trocken. »Sie müssen es wissen, Sir. Ich bin nur ein einfacher Mann. Fahr zur See seit ich dreizehn bin und werd, wenn es soweit ist, in ein Leintuch genäht über die Planke rutschen. Ich bin Vollmatrose und segle seit dreißig Jahren vor dem Mast. Hab mehr Erfahrung als manch ein Rotzlöffel, der als Offizier anheuert, werd aber nie ein Schiff kommandieren. Bin nunmal kein Rechenkünstler, steh mit dem Rechenschieber auf Kriegsfuß. Zwar kenn ich mich aus in den Grundzügen der Navigation, hatte aber nie die Gelegenheit, es richtig zu lernen. Darum war ich ganz glücklich darüber, auf die *Mary Russell* zu kommen.«

»Sie kannten das Schiff? Oder den Kapitän?«, fragte Scoresby.

Howes nickte. »Die *Mary* ist ein gutes Schiff, eine Schnau, wissen Sie. Segelt sich gut, auch mit kleiner Crew. Stewart hatte seit jeher nen guten Ruf, mit ihm gab's nie Probleme. Die Offiziere waren in Ordnung. Smith, der Schotte, da liegt er in seiner Koje, der arme Hund. Smith heuerte als Zweiter, Swanson als Erster Steuermann an. Dieser Swanson hatte ne merkwürdige Art zu reden, die der Kapitän witzig fand. War aus Schweden, glaub ich. Cramer, der Zimmermann, half uns in der Takelage, da er sonst nicht viel zu tun hatte. Keating und Sullivan, gute Männer, die ich schon kannte, als ich noch in kurzen Hosen rumlief. Den Schiffsjungen musste man öfters mal Beine machen. Zwei fuhren zum ersten Mal raus. Rickards, der Jüngste, kümmerte sich um unseren Passagier, Hammond, den Sohn des Reeders. Der Älteste, Deaves, hielt sich für was Besseres, weil er schon Backbord von Steuerbord unterscheiden konnte, aber sei's drum, wir haben alle so angefangen.

Wir verließen Cork Harbour am achten Februar, wenn ich mich richtig erinnere. Hatten eine Ladung Maultiere für Bridgetown auf Barbados und zwei irische Stallburschen, Connell und Morley, die sich um die Viecher kümmern sollten. Die *Hibernia* unter Kapitän Raynes lief gleichzeitig aus und hatte ebenfalls Maultiere an Bord. Die zahlen dort gutes Geld für die Tiere, und die Reeder machen ein gutes Geschäft, wenn sie die Einnahmen gleich in ne Ladung Zucker investieren.«

»Ist auf der Hinfahrt irgendetwas vorgefallen? Etwas Ungewöhnliches?« Scoresby musterte den Seemann, als wolle er sich jeden Bartstoppel auf seinem verwitterten Gesicht einprägen.

»Na, von wegen ungewöhnlich«, brummte Howes. »Die Fahrt verlief ruhig, und wir hatten nicht viel zu tun, abgesehen vom Deckschrubben. Die Maultiere waren an Deck festgebunden, und ich kann Ihnen sagen, die scheißen, pissen und kotzen wie ehrliche Protestanten – bitte entschuldigen Sie, Sir, Reverend. Nur unsre grünen Schiffsjungen und der kleine Hammond kotzten noch mehr.

Wir schrubbten also die Decks. Wir schrubbten sie morgens und wir schrubbten sie abends, wir schrubbten und schrubbten, sechs Wochen lang, denn so lang dauerte die Überfahrt.«

»Die Stimmung an Bord war also denkbar schlecht?«, fragte ich, der noch nie ein Deck geschrubbt hatte.

»Wo denken Sie hin, Sir? Die Stimmung war gut. Schrubben hält jung, sagte schon meine blinde Großmutter, die ihr Leben lang nichts andres getan hat, und es ist weit besser als Nichtstun. Wegen der Maultiere kostete es uns allerdings mehr Zeit als üblich. Das gefiel niemandem, auch mir nicht. Ich hatte Kapitän Stewart gebeten, mir die Mondtafeln im *Nautical Almanac* zu erklären, und er hatte mir versprochen, mir alles über Navigation beizubringen, was er wusste. Ich müsse aber auf eine Gelegenheit während der Rückfahrt warten, meinte er. Es gefiel ihm wohl, dass ich auf meine alten Tage noch den Ehrgeiz hatte, weiterzukommen. Schließlich hatte auch er als einfacher Matrose angefangen und sich langsam hochgearbeitet. Sagte, er sei in der Navy gewesen.

Niemand muckte auf, wegen des Schrubbens. Außer vielleicht Deaves. Er kniete gerade bis zur Halskrause in Maultierkotze und schrubbte, schrubbte, schrubbte. Da platzte ihm plötzlich der Kragen und er ließ ein paar Flüche vom Stapel, die ich in dreißig Jahren auf See noch nicht gehört hatte, so übel waren die. Er verfluchte die Maultiere, er verfluchte die Stallknechte, er verfluchte Himmel und Erde und rief schließlich etwas wie: ›Zur Hölle mit diesem gottverdammten Scheißmaultierkahn‹ – entschuldigen Sie, Reverend, Sir. Doch er hatte das Pech, dass Käptn Stewart in Hörweite stand.

Sie wissen, dass Matrosen fluchen wie die Kesselflicker, aber Sie wissen vermutlich auch, dass sie nie ihr Schiff verfluchen, vor allem nicht, wenn ein Offizier oder gar der Käptn in der Nähe ist. Jeder weiß, dass dergleichen bestraft wird. Ich hab mit eigenen Augen gesehn, wie Kameraden wegen respektlosen

Verhaltens ausgepeitscht oder in Ketten gelegt wurden. So hält mans in der Navy und nicht selten auch in der Handelsmarine. Käptn Stewart konnte dergleichen nicht durchgehen lassen. Er hielt dem Jungen ne zünftige Standpauke, erklärte ihm, dass es seine, des Käptns Pflicht sei, derlei Respektlosigkeiten zu ahnden, und befahl mir und Keating, Deaves bis zum Beginn seiner üblichen Wache mit bloßem Oberkörper an den Großmast zu fesseln. Wir alten Teerjacken hielten das für ne sehr milde Strafe. Stewart hatte freilich nen gewissen Ruf als nachsichtiger Kommandant, der von körperlicher Züchtigung nicht viel hielt und niemanden auspeitschen ließ, auch wenn das sein gutes gottgewolltes Recht war.«

»Und das war der einzige Zwischenfall auf der Fahrt nach Bridgetown?«

»Ja, schon. War alles ruhig. Da war nur noch ne Sache, die niemand so recht verstehen konnte. Der Käptn degradierte Swanson und machte Smith zu seinem Ersten Offizier. Ich weiß aber nicht, ob Swanson irgendeinen Fehler begangen oder ob Smith einfach nur die bessere Figur gemacht hatte. Der schottische Rotschopf konnte sich vielleicht besser verständlich machen als der Schwede mit seinem kauzigen Akzent. Dergleichen kann schon mal vorkommen, ist nicht so ungewöhnlich.

Bridgetown erreichten wir, wie gesagt, nach rund sechs Wochen auf See. Im Hafen lagen wir direkt neben Kapitän Callendars Schoner. Wir vertäuten die Schiffe und legten ne Planke aus, damit wir bequem von einem aufs andere Schiff wechseln konnten. Kapitän Callendar und Kapitän Stewart verstanden sich glänzend und statteten einander oft Besuche ab, und auch die beiden Crews freundeten sich untereinander an. Die Maultiere loszuwerden, erwies sich allerdings als schwieriger als gedacht. Es gab gerade ne regelrechte Maultierschwemme, was die Preise drückte. Kapitän Raynes von der *Hibernia* hatte dasselbe Problem, das erzählten mir zumindest seine Männer. Doch

Raynes hatte nicht die Beziehungen und das Händchen für gute Geschäfte. Er verhökerte seine Tiere zum Spottpreis und brach dann zu ner höllischen Sauftour durch die Bordelle von Bridgetown auf – entschuldigen Sie, Reverend. Als er ein paar Tage später auf sein Schiff zurückkehren wollte, hielt ihm der Erste Offizier nen Brief seiner Reeder unter die Nase. Man hatte Raynes mit sofortiger Wirkung des Kommandos enthoben. Er hatte sein Schiff verloren und saß nun auf Barbados fest.

Wir erfuhren erst später von dieser Geschichte, als Raynes bei unsrem Käptn vorsprach. Er wollte an Bord der *Mary Russell* heimkehren und die Überfahrt vor dem Mast abarbeiten. Kapitän Stewart wollte nichts davon hören. Erst ein, zwei Tage vor dem Auslaufen ließ er Raynes wissen, dass er seine Meinung geändert habe. Er könne nen Landsmann doch nicht im Stich lassen, sagte er. Tatsächlich hätt man ihm das zu Hause sehr übelgenommen, es hätt seinem Ruf geschadet.

Raynes kam also zu uns an Bord, mit leichtem Gepäck und ner höllischen Schnapsfahne, die die Tropensonne verdunkelte. Unser Käptn führte ein trockenes Schiff. Er trank bestenfalls ein Gläschen gewässerten Rum, doch er betrank sich nie und duldete auch keine Sauferei in der Back. Als unser Erster, Smith, mal ne Spritztour machte und erst morgens zurückkehrte, musste er sich ne protestantische Predigt anhören, von der ihm noch lange danach die Ohren klingelten. So tranken wir meist nur dünnen Tee und freuten uns schonmal vorsorglich auf die guten alten Pubs vom Holy Ground.«

VIII

Die zusammengerollte Gestalt in der Koje murmelte etwas, das wie eine Bestätigung klang. Offenbar hatte Smith, der in seine Decke gewickelt dalag und hin und wieder von einem heftigen Schüttelfrost erfasst wurde, die Ohren gespitzt und der Erzählung seines Kameraden ebenso aufmerksam gelauscht wie Scoresby und ich.

»Hatten Sie denn noch keinen Arzt an Bord?«, fragte Scoresby mit einem besorgten Blick auf den offenkundig jämmerlichen Zustand des Ersten Steuermanns. Auch die deutlich erkennbaren Fleischwunden des Matrosen waren weder gereinigt noch professionell versorgt worden.

»Man hat uns gesagt, dass wir auf jeden Fall auf den Coroner warten müssen«, sagte Kapitän Callendar. »Die gerichtliche Untersuchung soll heute Nachmittag beginnen, sobald die Geschworenen vereidigt sind. Danach schicken wir die beiden ins Hospital.«

Howes nickte trübsinnig. Er musterte seine verletzte Hand, die üble Schusswunde zwischen Daumen und Zeigefinger. Das getrocknete Blut sah im Licht der Öllampe fast schwarz aus. »Ich versteh es immer noch nicht«, sagte er mehr zu sich selbst als zu uns. »Es war als hätten wir in Bridgetown was Unheimliches an Bord geholt, was Böses, das die Sinne verwirrt und den Geist vernebelt.« Howes bekreuzigte sich langsam, ehe er fortfuhr.

»Die Rückfahrt verlief zunächst ruhig und ohne Zwischenfälle. Wir hatten trotz der anfänglichen Probleme mit dem Maultiergeschäft guten braunen Zucker eingekauft und in Fässern im Frachtraum verstaut. Dazu hatten wir einige Ballen Rindsleder erstanden, die wir zwischen die Fässer stopften, damit die Ladung nicht verrutschte. Timothy Connell und James Morley, die beiden Stallknechte, irische Jungs mit Familie hier in Cove, hatten wenig zu tun, nachdem wir die Maultiere verscherbelt hatten. Sie halfen uns gelegentlich bei der Arbeit, vertrieben sich aber meist die Zeit mit unsrem neuen Passagier, Käptn James Raynes. Ich achtete nicht weiter auf die Kerle, freute mich über ne günstige Brise und das milde Wetter und war zufrieden, wenn ich abends mein Pfeifchen rauchen konnte. Käptn Stewart hatte hoch und heilig versprochen, mir einiges über Navigation beizubringen, aber nun, da es reichlich Gelegenheiten dazu gab, vertröstete er mich ständig auf später. Allerdings rief er mich hin und wieder in die Kajüte, um mir Fragen über Raynes zu stellen. Er wollte wissen, warum Raynes, Connell und Morley immer die Köpfe zusammensteckten und Gälisch sprachen, wenn er in Hörweite war. Ich gab ihm stets dieselbe Antwort. Dass Morley Englisch nur sehr schlecht verstand und sich deshalb freute, in Raynes jemanden gefunden zu haben, mit dem er ein Schwätzchen halten konnte. Und was Raynes anging: Ja, der schaute gern mal zu tief ins Glas. Vermutlich hatte er sein Kommando völlig zu Recht verloren. Doch bei uns in Cove hatte er einen guten Ruf, einen ebenso guten wie Kapitän Stewart. So viel ich wusste, sprach er mit den beiden Stallknechten über ganz alltägliche Dinge, Familienangelegenheiten, Klatsch und Tratsch aus der Heimat. Er schlief achtern in der Kajüte, kam aber jeden Morgen zu uns ins Vorschiff, rasierte sich und fragte, ob er in der Takelage helfen könne. Er war zwar ein gottverdammter Trunkenbold, aber einer von der stillen, nachdenklichen Sorte. Er wusste, dass er Fehler gemacht hatte, sorgte sich aber keineswegs groß darum, ob er je wieder ein Schiff kommandieren würde. Er lebte selig in den Tag hinein und dachte nicht an morgen.

Käptn Stewart hingegen brütete übellaunig vor sich hin und beobachtete den alten Raynes mit zunehmendem Misstrauen. Schon zehn Tage nach unserem Auslaufen hatte er Smith von nem beunruhigenden Traum erzählt. Ich weiß nicht, wovon dieser Traum handelte, doch muss er Misstrauen und Unbehagen des Kapitäns weiter angestachelt haben. Er schien sich auch plötzlich und scheinbar grundlos vor Smith zu fürchten und verbannte ihn aus der Kajüte im Achterdeck, sodass der schottische Steuermann seine Hängematte im Zwischendeck aufhängen musste. Mein junger Kamerad Frank Sullivan sollte hingegen vor der Kabine des Käptns schlafen. Stewart vertraute dem armen Frank mehr als seinen erfahrenen Offizieren Smith und Swanson, doch ging sein Vertrauen in den treuen Wächter nicht so weit, dass es ihm ruhige, traumlose Nächte ermöglicht hätte. Im Gegenteil. Jeden Morgen wirkte er noch bleicher, verhärmter und nervöser als tags zuvor. Ich beobachtete ihn, wie er klammheimlich Werkzeuge in seine Kabine schaffte, die ihm womöglich zur Verteidigung dienen sollten: ein Beil, ne Harpune, nen Dreizack, ein Stemmeisen und dergleichen mehr. Doch erst nach rund drei Wochen auf See dämmerte es uns allmählich, was wirklich in seinem verfluchten Schädel vorging.

Stewart rief alle Mann an Deck, um uns zur Rede zu stellen. Sagte, er wisse, was los sei, dass wir uns gegen ihn verschworen hätten. Anscheinend hatte Keating ihn kurz zuvor gefragt, ob Käptn Raynes ein guter Seefahrer sei. Er legte das so aus, dass wir Matrosen schon mal ausloteten wie der alte Raynes das Schiff führen würde. Er glaubte, dass Raynes alle an Bord überreden wollte, sich ihm anzuschließen, die *Mary Russell* zu übernehmen, um unter seinem Kommando die schwarze Flagge zu hissen und schnurstracks auf Kaperfahrt zu gehen.

Der Verdacht kam nicht nur mir lächerlich vor, obwohl wir natürlich alle schon von ähnlichen Gaunereien gehört hatten. Wir taten alles, um Käptn Stewart davon zu überzeugen, dass wir niemals gegen ihn meutern würden. Hatten wir nicht stets seine Befehle befolgt? Hatten wir – na, zumindest die meisten von uns – nicht Frauen und Kinder in Cove? Warum hätten wir uns nem unzuverlässigen Saufkopp anschließen, unsere Familien im Stich lassen und den Galgen riskieren sollen?

Stewart sah uns an, als wären wir Fremde, ne unbändige Piratenmeute, die eben das Schiff geentert hatte. Allmählich klärte sich jedoch sein Blick. Er schien unseren Beteuerungen zu glauben und wirkte plötzlich erleichtert, fast erlöst, so als hätt man ihm nen faulen Zahn gezogen. Er dankte uns allen und verschwand murmelnd in der Kajüte. Für mich war die Sache damit erledigt.

Ein paar Tage verstrichen ruhig und ohne Zwischenfälle. Wir dankten Gott dem Herrn für gut Wetter und Wind und rechneten damit, in zwei, drei Wochen die Küste Irlands wiederzusehen. Wir sehnten den Anblick der geliebten Heimatküste regelrecht herbei.

Eines Tages bekam ich den Befehl, das Log in die Kajüte zu bringen. Dort traf ich auf den Schiffsjungen Deaves, William Smith, James Raynes und Käptn Stewart. Der kleine Hammond lag wie immer krank in seiner Koje. Stewart nickte mir schweigend zu, als ich ihm Log und Leine überreichte, und schickte mich mit nem Wink fort. Einige Minuten später kam Smith zu mir. Er kratzte sich ratlos am Schädel, meinte, der Käptn habe nun endgültig den Verstand verloren. Anscheinend hatte Stewart seine Vorwürfe gegenüber Raynes erneuert. Dann hatte er eines der Heckfenster geöffnet und das Log mitsamt der Sanduhr über Bord geworfen. Er hatte die letzten Seiten aus dem Logbuch gerissen und sie blindwütig hinterhergeschickt. Dann hatte er die Kiste mit den Seekarten gepackt und ebenfalls aus dem Fenster geschleudert. Nun war's also unmöglich, unsren Kurs durch Koppeln festzulegen, denn dafür hätten wir die Karten und die Positionsbestimmungen aus dem Logbuch benötigt. Ohne das Log konnten wir unsre Geschwindigkeit nur ganz grob schätzen. Smith sagte, der Käptn wolle verhindern, dass jemand das Kommando an sich riss. Er habe behauptet, dass er nun der Einzige sei, der die Position des Schiffs kenne und den Kurs bestimmen könne.

Tatsächlich setzte Käptn Stewart seine täglichen Beobachtungen fort und gab dem jeweiligen Steuermann präzise Anweisungen. Er wusste also genau, was er tat, und ich ging davon aus, dass er längst nicht alle Karten und Aufzeichnungen vernichtet hatte. Der Zwischenfall in der Kajüte war wohl ne schlaue Methode gewesen, uns zu zeigen, wer hier das Sagen hatte. Uns bewies dieser Klamauk jedoch nur, dass der Mann uns nicht traute. Sein Argwohn war sogar merklich schlimmer geworden. Jede noch so geringe Abweichung von der Routine, jedes unbedachte Wort konnte ihn zur Weißglut bringen. Doch mitunter war er auch ungewöhnlich still, blickte versonnen aufs Meer hinaus und führte Selbstgespräche. Ich für meinen Teil glaub ja, dass ihm die Hitze auf Barbados nicht gut getan hat. Man erzählt sich, das Klima dort wär gesund, vor allem für Lungenkranke. Doch was für die Lunge gut sein mag, kann durchaus schlecht für den Hirnkasten sein, nicht wahr, Sir? Reverend?

Ich bin aber auch schon unter verrückteren Kerlen gesegelt. Es sind immer die ansonsten unscheinbaren Männer, die sich an der Macht berauschen, die ihr Rang mit sich bringt, und an grundfalschen Entscheidungen festhalten, nur um ihre Macht zu demonstrieren. Mir gegenüber verhielt sich unser Käptn freilich nicht anders als sonst. Er gab seine Befehle, die keineswegs ungewöhnlich oder abwegig waren. Nur manchmal schien er nicht ganz bei der Sache zu sein. Sein Blick wurde leer, seine Augen schimmerten wie die eines toten Fisches. Dann sagte er seltsame Dinge. Dinge, die einerseits alltäglich klangen, die andererseits aber keinen erkennbaren Zusammenhang zu seinen Bemerkungen über Wind und Wetter hatten. ›Howes, gehen Sie jeden Sonntag in die Kirche?‹, fragte er. ›Howes, lesen Sie die Bibel?‹ ›Howes, glauben Sie an Gott den Allmächtigen? Hat er Sie je bei der Hand genommen, wie ein Vater seinen Sohn? Wie Abraham seinen Sohn Isaak?‹

Ich wusste nicht, warum er mir solche Fragen stellte. Er schien auch nicht auf ne Antwort zu warten. Sagte ich ›ja, Sir‹ oder ›nein, Sir‹ gab er sich damit ebenso zufrieden wie mit meinem Schweigen. ›Es war wieder dieser Traum‹, sagte er einmal, wie um sich zu entschuldigen. ›Immer derselbe Traum.‹ Was genau er geträumt hatte, sagte er nicht. Mir nicht und auch niemanden sonst.

So um den 18. Juni, es muss Mittwoch gewesen sein, sichteten wir ein Schiff. Ne Brigg, die bis auf Rufweite längsseits ging, die *Mary Harriet* aus New York. Stewart teilte dem Käptn der Brigg durch das Sprechrohr mit, dass er an Bord kommen wolle. Beide Schiffe drehten bei, und Käptn Stewart ließ sich von meinen Kameraden Sullivan und Keating rüberrudern. Unser Jüngster, Rickards, begleitete sie. Ich weiß nicht, was an Bord der *Mary Harriet* besprochen wurde, und kann mich nicht erinnern, wie lange die Männer drüben blieben. Als sie zurückkamen, hatten sie jedenfalls zwei Fässer dabei. Pökelfleisch, wie sich später herausstellte. Doch eigentlich hatten wir noch ausreichend Proviant für die letzten zehn, zwölf Tage Überfahrt.

Als ich dabei half, die Fässer in den Frachtraum zu bugsieren, fiel mir auf, dass Käptn Stewart gleich nach seiner Rückkehr in der Kajüte verschwunden war. Er hatte uns mit finsteren Seitenblicken bedacht und war flugs die Kajüttreppe hinuntergeeilt. Dabei hatte er die Arme seltsam verschränkt, als ob er etwas unter seiner Jacke verbergen wollte. Ich hatte keine Ahnung, was er nun wieder im Schilde führte, doch schon am nächsten Morgen wurde uns so einiges klar. Frühmorgens während der Wachablösung erschien der Käptn mit seiner Harpune in der Hand und zwei Pistolen in den Jackentaschen an Deck und forderte uns auf, den Ersten Steuermann, William Smith, zu fesseln. Er bezichtigte Smith der Anstiftung zur Meuterei und behauptete, der Offizier sei die ganze Nacht umhergewandert, um Waffen für die Übernahme des Schiffs zu sammeln.

Smith beteuerte seine Unschuld. Mir erzählte er später, dass er während seiner Wache zwei- oder dreimal zum Spind neben der Kajüttreppe gegangen sei, um Öl für die Nachthauslampe zu holen oder das Ölkännchen wieder an den angestammten Platz zurückzustellen.

Kapitän Stewart richtete die Spitze der Harpune auf Smiths Brust.

Wir wussten, dass Smith nie und nimmer Böses im Schilde führte und verteidigten ihn so gut es eben ging. Stewart lauschte mit undurchdringlicher Miene. Erst als ihm auch der kleine Rickards versicherte, dass wir alle ihm, unsrem guten Käptn, treu ergeben seien, schien er nachzugeben. Er wirkte gerührt. Seine Augen glänzten, als würden ihm gleich die Tränen kommen.

›Wir würden Ihnen doch nie im Leben ein Haar krümmen, Käptn‹, sagte ich, ›das schwör ich Ihnen bei Gott.‹

Stewart ließ die Harpune langsam sinken. ›Ich danke euch allen‹, murmelte er. ›Ihr seid alle ehrliche Männer.‹

Wir atmeten erleichtert auf. Das Blatt schien sich gewendet zu haben.

›Ihr alle seid ehrliche Männer. Das seid ihr.‹ Dann wurde seine Stimme plötzlich scharf und schneidend. ›Ihr alle, außer Smith. Fesselt ihn! Sofort!‹«

IX

Howes schwieg und starrte ins Leere, hinter die Mauern der Zeit. Er nahm einen Schluck aus seinem Becher. Die Gestalt in der Koje stöhnte und zitterte unter der braunen Wolldecke. Es war heiß und stickig in dem engen Raum. Ich wischte mir den Schweiß von der Stirn.

»Sie haben den Ersten Offizier gefesselt?«, fragte Scoresby, dem die schlechte Luft nichts auszumachen schien.

Howes schüttelte den Kopf. Der Mann unter der Wolldecke regte sich, richtete sich mühsam auf und hustete schwach. Er barg sein Gesicht in den Händen, wie jemand der aus einem langen, ungemein hässlichen Traum erwacht. Rötliche Haarsträhnen klebten auf seiner Stirn. Ein schräg über den Kopf gewickeltes, bunt bedrucktes Baumwollhalstuch verbarg das linke Auge oder das, was davon übrig war. Seine Stimme klang heiser, sein schottischer Akzent verriet seine Herkunft:

»Nein«, sagte er fast unhörbar leise, »die Männer wollten mich nicht fesseln. Ich hatte nichts getan. Nichts. Sie wussten das. Der Kapitän glaubte ihnen nicht. Dass sie ihm widersprachen, legte er als erneuten Beweis aus, dass wir uns alle gegen ihn verschworen hatten. Jedes Wort zu meinen Gunsten war ein Nagel zu meinem Sarg. Nichts konnte ihn von der fixen Idee abbringen, ich wär in der Nacht vor seiner Kabine rumgeschlichen, hätte nur das richtige Werkzeug gesucht, um ihn damit zu erschlagen. Unsinn. Ich hab Öl für die Lampe gesucht, nichts anderes. Nichts anderes. Doch der Käptn sagte: ›Im Namen des Königs, packt den Mann!‹

Ich konnte es nicht begreifen. Howes setzte sich für mich ein, schwor immer wieder, dass ich nichts falsch gemacht hätte, und Sullivan meinte, man werde sie zu Hause vor Gericht zerren, wenn sie mich, den Steuermann, grundlos fesselten. Doch der Käptn blieb stur, schimpfte, fluchte. Meuterer wären wir alle. Wertloses Gesindel, das an den Galgen gehöre. Die Männer schwiegen, wussten nicht, was tun. Schließlich wandten sie sich einfach ab. Das machte den Käptn nur noch wütender. Ihm stieg die Zornesröte ins Gesicht. Er befahl den Männern, zurückzukommen und ihm zu gehorchen. Dann holte er ein Paar Pistolen hervor, die er unter der Jacke verborgen hatte.

Als Swanson und Keating die geladenen Pistolen sahen, bekamen sie es mit der Angst zu tun. Sie flehten mich an, mich zu ergeben, um den Kapitän zu beruhigen. Sie wollten mir lockere Fesseln anlegen, und alle versprachen mir, zu Hause als Zeugen zu meinen Gunsten auszusagen. Sie redeten so lang auf mich ein, bis ich schließlich nachgab. Ich streckte die Hände aus, und sie fesselten mich.

Auf Befehl des Käptns führten sie mich in die Kajüte und öffneten die Luke zum Lazarett, dem kleinen Stauraum, in dem wir sonst Ersatztaue und Blöcke lagern. In Bridgetown hatten wir auch einige der Lederballen dort eingelagert. Es war also verdammt eng. Ein Sarg wär bequemer. Ich konnte mich kaum bewegen und das Atmen fiel mir schwer. Außerdem hatte ich nach der langen Wache noch keine Gelegenheit gehabt zu frühstücken. Ich protestierte laut, und der kleine Hammond, der kranke Junge, der wie immer in seiner Koje lag und hustete, bat den Käptn unter Tränen, mir was zum Essen und Trinken bringen zu dürfen. Der hatte sich anscheinend beruhigt. Wenn man ihn so ansah, mochte man meinen, er wär wieder ganz der Alte – ein freundlicher, ruhiger Mann, der oft von seiner liebsten Betsy und seinen Kindern sprach. Sein Ältester ist zehn, glaub ich, und träumt davon, zur See zu fahren. In ein, zwei Jahren ist es wohl soweit.

Der Käptn tröstete Hammond, als ob er sein eigener Junge wär, dann schickte er Sullivan los, mir Porridge und Tee zu holen. Meine Fesseln durfte er nicht lösen. So fütterte er mich wie ein Baby. Danach schloss er die Luke, und sie ließen mich dort unten zwischen den Tauen und stinkenden Kuhhäuten zurück.«

»Woher hatte der Kapitän eigentlich die Pistolen?«, fragte ich, als Smith schwieg, da mir dieser Aspekt unstimmig vorkam. Zudem erinnerte ich mich plötzlich an Deaves, der uns davor gewarnt hatte, den Worten seiner ehemaligen Kameraden zu glauben.

»Wir wissen's nicht genau«, antwortete Howes, »aber ich vermute mal, er hat sie sich auf der *Mary Harriet* beschafft.«

Smith nickte bedächtig und fuhr stockend fort: »Hat er wohl. Zumindest hatte er vor der Begegnung mit der Brigg keine Schusswaffen vorgezeigt. Wir hatten ansonsten keine Gewehre oder dergleichen an Bord. Ich hatte nur mein Klappmesser. Jeder von uns hatte wohl eins in der Hosentasche oder im Stiefel. Daran dachte ich freilich nicht, als sie die Luke über mir schlossen. Ich dachte an nichts, war bloß wütend. Wütend auf den Käptn, auf meine Kameraden, auf den lieben Gott, der mich im Dunklen schmoren ließ und weder auf meine Gebete noch auf meine Flüche antwortete. Ich fluchte ohne zu ahnen, dass ich noch einen der besseren Plätze auf dem verdammten Kahn bekommen hatte.

Am nächsten Morgen, es muss Freitag gewesen sein, erwachte ich in dem dunklen Loch und bekam keine Luft. Ich strampelte und tobte, schrie mich heiser, und es dauerte lange, sehr lange, bis jemand die Luke über mir öffnete. Es war der Käptn, der mich gleichgültig musterte und fragte, warum ich ein solches Geschrei mache. Ich sagte ihm, er solle mich lieber gleich über die Planke rutschen lassen, da ich ohne Luft und Wasser sowieso in dieser elenden Kartoffelkiste verrecken würde. Stewart brachte mir etwas Tee und ließ John Cramer, unseren Zimmermann, kommen. Cramer sägte ein Loch in die Luke, ungefähr an der Stelle, wo mein Kopf lag, damit ich besser atmen konnte. Er erzählte mir, dass an Bord alles friedlich sei und dass wir in wenigen Tagen die Küste erreichen würden. Raynes hatte anscheinend mit Stewart gestritten und war von seiner Koje in der

Kajüte ins Vorschiff zu den Matrosen umgezogen. Die anderen taten ihre Arbeit oder starrten schweigend aufs Meer. Man hatte wohl beschlossen, dem Kapitän keinen Anlass zu bieten, wieder auf dumme Gedanken zu kommen. Wenn sie nur ruhig blieben, so dachten sie, würde sein Misstrauen schwinden und er würde erkennen, wie sehr er sich in ihnen getäuscht hatte.

Doch tatsächlich hatten wir uns in *ihm* getäuscht. Hatten wir ihn nicht für ein menschliches Wesen gehalten?«

Smith hustete erbärmlich. Dankend nahm er den frisch gefüllten Zinnbecher entgegen, den Howes ihm reichte.

»Sie mussten also stunden- und tagelang in dem engen Stauraum ausharren?«, fragte Scoresby, nachdem wir alle einige Minuten gewartet hatten, dass Smith sich beruhigte. Smith keuchte und zog sich seine Decke eng über die Schultern, als könnte der grobe Wollstoff ihn vor unsichtbaren Dämonen beschützen. Howes antwortete an seiner statt:

»Ja, er blieb die ganze Zeit dort eingesperrt. Hin und wieder durften wir ihm was zum Essen und Trinken bringen, doch der Käptn behielt uns stets im Auge. Er achtete wie ne hungrige Spinne darauf, dass wir bloß seine Fesseln nicht lockerten.

Am Samstag um die Mittagsstunde erschien Käptn Stewart an Deck und machte seine Messungen. Zwar hatte er Log, Logbuch und Karten über Bord geworfen, doch hatte er immer noch seinen Sextanten, und ich bin fest davon überzeugt, dass nicht alle Karten vernichtet worden waren. Zweifellos hatte er vorgesorgt und in seiner Kabine die notwendigen Instrumente und Unterlagen gehortet, um die Position der *Mary Russell* zu bestimmen.

Wir befanden uns rund vierhundert Meilen vor Cape Clear. Eine günstige Brise wehte, und wir liefen mit vollen Segeln vor dem Wind. Hätt ich das Kommando gehabt, dann hätt ich unter diesen Bedingungen jeden Fetzen Leinwand gesetzt und mein Taschentuch noch dazu. Käptn Stewart befahl uns jedoch, die Segel am Fockmast zu reffen und das Großsegel zu kürzen. Kein

Schiffsjunge, der mehr als nen Löffel Hafergrütze im Hirnkasten hat, wär auf die Idee gekommen, einen solchen Befehl zu geben. Wir aber gehorchten schweigend den Anweisungen, denn hätten wir uns geweigert, hätte man es als Meuterei ausgelegt.

Raynes, Swanson, Deaves und ich enterten also auf in die Takelage, während die anderen in der Back zu Mittag aßen. Dachte ich zumindest. Als wir mit der Arbeit fertig waren, ging ich allein hinunter ins Vordeck und fand dort nur einen der beiden Maultiertreiber, Morley. Er sagte, einer der Schiffsjungen hätte Connell und Keating im Abstand von vielleicht zehn, zwanzig Minuten nach achtern gerufen. Cramer und Sullivan waren wohl auch in die Kajüte beordert worden, während wir die Segel gerefft hatten, ich aber widmete mich zunächst meinem Mittagessen und rauchte danach in aller Ruhe mein Pfeifchen, so wie ich es seit jeher gewohnt bin. Erst eine gute Stunde später ging ich an Deck, denn niemand hatte zur Wachablösung gerufen, und es war nicht nur ungewöhnlich ruhig an Bord, sondern geradezu totenstill. Es war diese Art Stille, die herrscht, bevor der Wind dreht, auffrischt und zum Sturm wird. Diese Art Stille, die sagt, dass man das Ruder herumreißen muss, ehe der Bug auf das Felsenriff trifft. Vielleicht war es auch nur eine Besprechung in der Kajüte, und das ungute Gefühl in der Magengegend stammte vom aufgewärmten Labskaus. Jedenfalls war keine Menschenseele an Deck oder in der Takelage, und das Steuerrad war mit einem Tau gesichert. Ich überlegte gerade, ob ich zu den Kameraden nach achtern gehen oder zu Morley zurückkehren sollte, da erschien einer der Jungs und bat mich, mich sofort beim Käptn zu melden.

Ich machte mich schnurstracks auf den Weg. Offenbar gab's tatsächlich ne Besprechung, vielleicht sogar ne versöhnliche Geste des Käptns, der endlich eingesehen hatte, dass keiner von uns ihm seinen Posten streitig machen wollte. Gegen einen guten Schluck Rum nach dem Essen hätt ich nichts einzuwenden gehabt.

An der Kajüttreppe angelangt, rief ich hinunter, ob der Käptn mich zu sprechen wünsche. ›Ja, Howes‹, antwortete Stewart, der wohl direkt hinter dem Eingang zur Kajüte im Schatten stand, sodass ich ihn nicht sehen konnte. ›Kommen Sie, Howes.‹

Ich trabte also die Treppe runter, übersprang dann ein paar Stufen, ohne lang drüber nachzudenken. Doch bevor ich unten angekommen war, trat Käptn Stewart aus dem Schatten ins Licht. ›Halt, nicht so schnell‹, sagte er und richtete zwei Pistolen auf meine Brust.

›Was tun Sie da, Sir?‹

›Ich weiß alles. Ich weiß, was du im Schilde führst!‹, schrie er und befahl mir, langsam zu ihm herunterzukommen.

Als ich seine Stimme hörte, war mir sofort klar, dass er abdrücken würd, ohne mit der Wimper zu zucken. Ich drehte mich um und sprang die Stufen hinauf. Hinter mir hörte ich ein metallisches Klicken, dann noch eines. Der Käptn hatte tatsächlich auf mich geschossen, doch der Herrgott hielt seine Hand über mich. Es klingt unglaublich, aber beide Pistolen versagten.

Am oberen Ende der Treppe angelangt, begab ich mich eiligst aus der Schussbahn. Ein drittes Mal würden die Schießeisen sicher nicht versagen, das war mir klar. Ich rief dem Käptn zu, dass ich ihn in Cork vor Gericht bringen würd, da er versucht hatte, mich kaltblütig zu ermorden. Ohne auf ne Antwort zu warten, lief ich zum Vorschiff, um mich in der Back in Sicherheit zu bringen. Ich ahnte, dass er mir folgen würd, doch ging ich nicht das Risiko ein, mich umzudrehn. Jede Sekunde zählte. Geduckt rannte ich auf die offene Luke zu. Ein Knall. Eine Kugel zischte so knapp an mir vorbei, dass ich den Luftzug zu spüren glaubte. Ein zweiter Knall. Auch dieser Schuss ging daneben, und ich rutschte wie ein übermütiger Grünschnabel die Leiter runter, ehe Stewart nachladen konnte.

Morley starrte mich verdutzt an. Sein Gesicht sah im Licht der Öllampe so gespenstisch aus, dass ich mich unwillkürlich bekreuzigte, bevor ich rasch die Lampe löschte und den Mann in eine dunkle Ecke zerrte, in der uns der Käptn nicht treffen konnte, falls er durch die offene Luke feuerte. Es fielen keine weiteren Schüsse. Eine Zeitlang blieb alles still. Man hörte nur die Schritte des Käptns, der an der Vordeckluke auf und ab ging. Schließlich rief er meinen Namen, nannte mich Meuterer und Schlimmeres. Er behauptete, ich sei der Anführer der Meuterbande, drohte mit Gericht und Galgen, Pest und Schwefel. Ich schwieg und überlegte verzweifelt, wie ich aus dieser verflixten Zwickmühle herauskommen könnte. Wie viel würde das Wort eines einfachen Seemanns gegen das Wort eines angesehenen Käptns wiegen? Ich muss Ihnen das nicht unter die Nase reiben. Sie kennen die Antwort.

Käptn Stewart kannte sie auch. Er unterbrach seine Drohungen und Anschuldigungen und behauptete, er müsse nur ein paar Stunden schlafen, dann werde alles wieder in Ordnung kommen. Die Angst vor Meuterei, die Ungewissheit, hatte ihn anscheinend tage-, sogar wochenlang keinen Schlaf finden lassen.

Schlaf? Darum ging es also. Ich hatte schon auf Barbados gemerkt, dass Stewart die Hitze schlechter vertrug als andere. Die Männer hatten mir erzählt, dass der Kapitän schon Fahrten abgelehnt hatte, die in dieses unverträgliche Klima führten. So viel ich weiß, war es Mr. Hammond, der ihn überredete hatte, die *Mary Russell* zu übernehmen und seinen kranken Sohn nach Bridgetown zu bringen. Die Hitze dort, die manch kerngesundem Mann zu Kopf steigt, von den Mädchen und dem Rum ganz zu schweigen, soll ja angeblich der Lunge gut tun und den Schwindsüchtigen Heilung bringen.

Nach langem Hin und Her hielt ich es tatsächlich für die beste Lösung, dem Käptn nachzugeben. Er würde endlich begreifen, dass ich nichts Übles im Sinn hatte. Ne Mütze voll Schlaf würd ihn beruhigen und ne frische Atlantikbrise sein fiebriges Hirn abkühlen. Das hoffte ich zumindest, als ich ihm anbot, mit gefesselten Händen an Deck zu kommen. Morley sollte mir die Hände binden, bevor ich mich dem Käptn stellte. Stewart ging auf den Vorschlag ein, und als ich wie verabredet an Deck erschien, wirkte er so ruhig und gelassen wie eh und je. Er sagte mir, dass Raynes und Connell ihm bereits gestanden hätten, die Meuterei angezettelt zu haben. Dann prüfte er meine Handfesseln, zog sie enger und legte mir auch noch Fußfesseln an. Ich beteuerte erneut meine Unschuld. Wenn er mich wirklich für nen Meuterer hielt, solle er mich lieber an Ort und Stelle erschießen. Daraufhin sagte er, er wolle mir kein Leid antun, sondern mich möglichst mit heiler Haut nach Cork schaffen. Dann durchsuchte er meine Taschen und nahm mir mein Klappmesser weg. Nachdem er mich derart abgefertigt hatte wie nen gewöhnlichen Strauchdieb, rief er Morley, der zögernd die Leiter heraufkam, sich aber widerstandslos fesseln ließ, als er sah, wie es mir ergangen war.

Als der Käptn uns beide nach achtern führte, glaubte ich immer noch, mich richtig entschieden zu haben.«

X

»Es war Samstag. Samstagabend«, fuhr Howes nach kurzem Schweigen fort. Ich sah an seinen verkniffenen Zügen, dass er starke Schmerzen haben musste, doch seine Stimme klang gleichbleibend fest und tief. »Morley und ich lagen gefesselt auf dem Achterdeck, mit dem Rücken gegen die Reling. Stewart hatte die Fesseln so stramm gezogen, dass das Seil mir das Blut abschnürte.

Ich schwieg zunächst, um den Käptn nicht zu provozieren. Dieser verschwand in der Kajüte und tauchte eine gute Viertelstunde später mit einem der Männer wieder auf. Von meinem Platz aus konnte ich nicht genau sehn, wen er die Kajüttreppe hinaufführte und an einer Krampe festband. Später hörte ich ihn jammern und rufen. Es war Keating, mein Kamerad vor dem Mast. Seiner belegten Stimme und seinen wirren Worten nach zu schließen, war es ihm unter Deck schlecht ergangen, und der Käptn hatte ihn wohl an die frische Luft gezerrt, damit seine Sinne belebt wurden. Doch die Luft war an diesem Abend nicht nur frisch, sondern arschkalt, und bald hörten wir Keating über die Kälte klagen.

Morley und ich froren ebenfalls wie verlorene Seelen, doch wollte ich mir nichts anmerken lassen und bat lediglich einen der Schiffsjungen darum, meine Pfeife rauchen zu dürfen, die mir schon in schlimmeren Situationen Wärme und Trost gespendet hat. Da keiner der anderen Männer an Deck erschienen war, befanden sich inzwischen wohl alle in der Gewalt des Käptns und unter der Aufsicht der drei Jungs, die keine Fesseln trugen, sondern bewaffnet mit ner Harpune, nem Kappbeil und nem Dreizack an Deck patrouillierten. Der Jüngste lief zum Käptn, um meine Bitte vorzutragen. Bald kehrte er mit der Erlaubnis zurück, nahm Tonpfeife und Tabaksbeutel aus meiner Jackentasche, stopfte die Pfeife, zündete sie an und steckte mir den Pfeifenstiel in den Mund.

Paffend und schmauchend beobachtete ich die Jungs. Kinder bloß, die sich für Männer hielten, weil ihr Herr und Meister ihnen tödliche Waffen anvertraut hatte. Gott weiß, was der Käptn diesen braven Burschen erzählt hatte, damit sie ihm halfen, seinen wahnwitzigen Plan in die Tat umzusetzen. Hatte er ihnen Lob und Belohnung versprochen? Ihnen mit höllischen Strafen gedroht? Oder war das nicht nötig gewesen und sie taten das alles aus Überzeugung, dass Stewart tatsächlich gegen ne Bande teuflischer Meuterer in die Schlacht zog? Fragen Sie sie, Reverend, Sir, denn ich kann Ihnen nicht sagen, was in ihren kleinen Köpfen vorging.

Ich weiß nur, dass die Nacht von Samstag auf Sonntag kalt war. Eisig kalt. Keating hatte über die Kälte geklagt, seit Stewart ihn an die frische Luft gezerrt hatte. Nun stießen auch Morley und ich in dasselbe Horn. Meine Pfeife war längst erloschen, und ich zitterte trotz meiner Jacke.

Käptn Stewart hatte sich zu uns gesetzt und von seiner Familie erzählt. Von seiner Frau Betsy, die bald ein weiteres Kind bekommen sollte, und seinen Jungs, die alle dem noblen Vorbild ihres Vaters folgen und zur See fahren wollten. Sie konnten es kaum erwarten, hatten schon jetzt Salzwasser in den Adern.

Unsre ständigen Klagen wegen der zunehmenden Kälte schien er nicht zu hören, doch schließlich sprang er unvermittelt auf und befahl einem der Schiffsjungen, ne Decke für mich zu holen. Danach machte er sich eigenhändig daran, erst Keating und dann Morley in die Kajüte zu schleifen, ohne deren Hand- und Fußfesseln zu lockern.

Die Decke nutzte nicht viel. Nach all den Wochen auf Barbados vertrug ich das raue Klima unserer Breiten wohl nicht mehr so gut und mich fror bis auf die Knochen. Der Käptn sah, wie erbärmlich ich unter meiner groben Decke zitterte, und zeigte Mitgefühl. Er nannte mich ganz vertraulich beim Vornamen und sagte, er werde sich um mich kümmern. Zunächst lockerte er meine Fußfesseln ein wenig, gerade so, dass ich aufstehen und übers Deck schlurfen konnte. Zwei der Jungs führten mich langsam, Schritt für Schritt, hinunter ins Zwischendeck, wo ich zwar allein, aber immerhin vor dem eisigen Nordwestwind geschützt sein würde. Der Käptn folgte uns und zog meine Fesseln wieder stramm, als wir unten angekommen waren. Stewart versprach großmütig, bald wiederzukommen, dann überließ er mich, auf den Planken des Zwischendecks liegend, zwischen Zuckerfässern und Lederballen, meinen trüben Gedanken und der Einsamkeit.

Der Schmerz, den mir die allzu eng gezogenen Fesseln bereiteten, ließ mich freilich an kaum was andres denken als daran, wie ich mich von ihnen befreien könnte. Ich wälzte mich auf dem Boden und versuchte die Taue zu lockern, indem ich Arme und Beine abwechselnd spreizte und aneinanderdrückte sowie in beide Richtungen drehte, ohne darauf zu achten, dass der raue Hanf mir Hand- und Fußgelenke wund rieb, bis sie bluteten. Es dauerte recht lang, und die Schmerzen wurden immer stärker, doch schließlich gelang es mir, ne Hand frei zu bekommen. Nun konnte ich die sorgfältig geschlagenen Törns des Käptns mühelos lockern und die Stricke, die mich behinderten, endgültig loswerden. Ich vermutete, dass meine Kameraden in der Kajüte sich in einer ähnlichen Lage befanden wie ich, und hoffte, dass sie nicht allzu sehr litten.

Da ich momentan nichts für sie tun konnte, beschloss ich, mich so gut wie möglich auszuruhen und ein paar Stunden zu schlafen. Ich murmelte ein Gebet, das ich aus meiner Kindheit kenne und das mir seit jeher geholfen hat, Ruhe zu finden: *Der Herr sei hinter dir, um dich vor der Heimtücke böser Menschen zu schützen ...* Zumindest war meine Erschöpfung größer als die Angst, die mich immer aufschrecken ließ, wenn ich meinte, die schweren Schritte des Käptns zu hören, der an Deck ruhelos auf und ab ging. Schließlich übermannte mich der Schlaf, und als ich die

Augen öffnete, fiel das trübe Licht der Morgensonne durch die Ritzen der Deckluke.

Ein Geräusch hatte mich geweckt. Ein lautes Geräusch, ein regelmäßiges Hämmern. Ich weiß nicht warum, doch stellte ich mir beim vertrauten Klang der Hammerschläge vor, dass Cramer, unser meist griesgrämiger Zimmermann, an nem Sarg werkelte, nem Sarg, der mich in die alte Heimat bringen würde. Nachdem ich den Halbschlaf und die wirren Träume abgeschüttelt hatte, deutete ich die dumpfen Hammerschläge als gutes Zeichen. Wenn Cramer frei war, waren es die anderen vielleicht auch. Ich würd an Deck gehen und alles wär in bester Ordnung. Doch das Hämmern verstummte plötzlich, und ich hielt es für das Beste abzuwarten.

Irgendwann im Laufe des Vormittags hörte ich Schritte an Deck. Die Luke wurde geöffnet, und eine Gestalt, die sich dunkel gegen das Tageslicht abzeichnete, blickte auf mich herab. Der Käptn war zurückgekehrt und richtete seine Pistolen auf mich. ›Zeig mir deine Hände, John‹, rief er, ›ich muss wissen, ob die Fesseln gut sitzen.‹

Ich hatte mir die losen Seile um die Handgelenke gewickelt, damit er nicht merkte, dass ich mich befreit hatte, doch er sah auf den ersten Blick, dass irgendwas nicht stimmte. Er befahl mir, hervorzukommen, damit er die Knoten festziehen könne. Ich weigerte mich, seinem Befehl Folge zu leisten, denn ich wollte unter keinen Umständen wieder gefesselt sein.

›Dann muss ich dich töten, John‹, sagte er leise.

Ich schrie: ›Töten Sie mich, wenn Sie wollen. Schießen Sie, los! Mich wird niemand vermissen, aber Sie werden eines Tages dafür bezahlen. Sie benehmen sich wie ein Türke, wie ein gottverdammter Barbar!‹ Bitte entschuldigen Sie, Reverend.

›Ich ein Barbar?‹, fragte er verblüfft. ›Habe ich dich denn jemals schlecht behandelt? Bin ich denn kein guter Kapitän?‹

Ohne ein weiteres Wort zu verlieren, schoss er durch die offene Luke. Er verfehlte mich knapp, schoss erneut.«

Howes hob die Hand, um uns die Wunde zu zeigen.

»Seine Pistolen hatten ein kleines Kaliber, sonst hätt's mir den Daumen abgerissen. Ich hörte, wie er die beiden Schießeisen nachlud, und zog mich weiter in den Schatten zurück, doch der dritte Schuss traf mich an der Seite und streckte mich zu Boden. Bald merkte ich, dass die Kugel mich nur gestreift hatte, doch die Wunde blutete stark und ich nutzte das aus, um nen tödlichen Treffer vorzutäuschen. Ich wälzte mich stöhnend umher, verteilte das Blut auf Gesicht und Brust und röchelte, als hätte mein letztes Stündlein geschlagen.

Ich hörte Stimmen. Andre Stimmen, die flüsterten: ›Ist er tot?‹ – ›Mausetot!‹ – ›So viel Blut! Sollen wir ihn über Bord werfen?‹

Dann ertönte ein Ruf an Deck: ›Schiff voraus! Schiff voraus!‹

Ich hörte, wie der Käptn befahl, das Notsignal zu hissen. Ich spitzte die Ohren, lauschte auf jedes Geräusch, in der Hoffnung, dass das fremde Schiff rasch auf das Signal reagieren möge. Stille. Kein Laut. Ich setzte mich auf, wollte aufstehen und nachsehen, was an Deck vorging, ob Rettung nahte. Der Käptn muss im selben Augenblick durch die Luke gesehen haben, denn er schrie immer wieder: ›Er ist nicht tot! Er ist nicht tot!‹ und zielte erneut mit einer Pistole auf mich. Der Schuss traf mich am Oberschenkel, doch ich spürte keinen Schmerz, sondern Wut. Ungeheure Wut. Ich wollte meine Haut teuer verkaufen und Paroli bieten bis zum letzten Atemzug.

›Das reicht!‹, schrie ich und versuchte eine Lücke zwischen den Zuckerfässern zu finden, um mich zu verstecken.

›Es reicht, wenn du tot bist!‹, erwiderte der Käptn gelassen und sprang durch die Luke in den Frachtraum. Drei Männer folgten ihm. Nein, keine Männer, Kinder, bewaffnet mit Spießen und Äxten.

Ich hatte nichts, womit ich mich hätte verteidigen können, außer nem ollen Paket aus zusammengeschnürten Büchern, das ich zufällig entdeckt hatte und nun wie einen Schild vor meine Brust hielt. Die nächste Kugel hätt mich ins Herz getroffen, doch blieb sie in den Büchern stecken. Nun rief Stewart nach den Jungs. ›Seid tapfer! Schlagt zu! Macht ihm ein Ende, dem Halunken!‹

Sie zögerten. Zwei von ihnen weinten sogar. ›Lasst euch nicht für dumm verkaufen‹, sagte ich. ›Ihr kennt mich doch. Ihr wisst, dass ich unschuldig bin.‹

Der Käptn war außer sich, als die Jungs zögerten und zurückwichen: ›Wollt ihr den Mann verschonen? Er wird euch hinschlachten, jeden einzelnen von euch! Kämpft!‹

Ich sah und spürte ihre Unentschlossenheit. Ohne zu zögern packte ich die Gelegenheit beim Schopf und rannte auf den Käptn zu. Mit einem Sprung warf ich ihn zu Boden, kniete auf ihm und packte ihn an der Kehle. Seine Pistolen hatte er fallengelassen. Nun versuchte er, meinen Griff zu lockern. Ich drückte meine Hand auf sein Gesicht, er wehrte sich mit beiden Händen, zappelte. Es gelang ihm, meine linke Hand zu ergreifen. Er biss hinein, ich aber spürte nichts, außer dem Wunsch, seinen Lebensfunken endgültig auszulöschen. Nun war ich wirklich der gottverdammte Meuterer geworden, für den er mich gehalten hatte, und wollte jede Schuld auf mich nehmen. Einer der Jungs zielte mit der Harpune auf mich, doch die Waffe war für ihn viel zu schwer. Ich entriss ihm das Eisen, um es Stewart ins Herz zu stoßen. Er hatte mich dazu getrieben. Ich musste es tun, um mein Leben zu retten. Doch etwas in seinen angsterfüllten Augen erinnerte mich daran, wer ich war: kein Meuterer, kein Mörder, nur ein Mensch, der das eigene Leben liebt und das seiner Mitmenschen achtet. Nicht länger als eine Sekunde zögerte ich. Dann traf mich etwas am Hinterkopf, und ich verlor das Bewusstsein.«

XI

»Was, wenn ich nicht gezögert hätte, Sir?«, fragte Howes und sah mir direkt in die Augen. »Hätte ich meine Kameraden gerettet? Hätten Sie mich der Meuterei angeklagt, weil ich mich gegen nen Mann wehrte, der ein Menschenleben für weniger wertvoll hielt als seine Befehlsgewalt über das Schiff? Ich glaube, Sie und Ihresgleichen hätten mich an den Galgen gebracht, nur um mich hängen zu sehen. Ich aber hätte sieben Leben gerettet, zum Preis von einem.«

Ich konnte nur den Kopf schütteln. Dabei wusste ich, dass er recht hatte. Wäre die *Mary Russell* ohne den Kapitän in den Heimathafen zurückgekehrt, hätte es eine gerichtliche Untersuchung gegeben und es wäre geradezu unmöglich gewesen, Howes' Tat als reine Notwehr darzustellen, auch wenn seine Kameraden zu seinen Gunsten ausgesagt hätten. Ausschlaggebend war der Rang Kapitän Stewarts und sein geradezu makelloser Ruf als Kommandant, Seemann und Familienvater.

»Vielleicht waren die Männer in der Kajüte zu diesem Zeitpunkt schon tot?«, fragte Scoresby. »Hatten Sie nicht zuvor Hammerschläge gehört?«

»Ja, aber das war etwas anderes. Es klang, als würde jemand Nägel in die Planken schlagen, nicht so wie ... das Beil eines Metzgers.« Howes kniff die Augen zusammen und holte tief Luft. »Jedenfalls kam ich erst Stunden später zu Bewusstsein. Mein Schädel schmerzte wie die Hölle am Jüngsten Tag – verzeihen Sie, Reverend. Alles war voller Blut und ich hatte elenden Durst. Irgendwie schaffte ich es, mich aufzurichten und zur Deckleiter zu taumeln. Die Luke war offen. Draußen war es dunkel, stockdunkel und bewölkt, keine Sterne, kein Mond. Alles war still, so still wie ich es auf keinem anderen Schiff je erlebt habe. Ich war der letzte Mensch auf dem letzten Schiff am Ende der Welt. Ich kletterte die Leiter hinauf wie ein altersschwacher Krüppel und kroch auf allen Vieren über das verlassene Deck zur Wassertonne. Sie war leer. Ich sah, dass das Steuerruder immer noch festgebunden war, die Segel gerefft. Langsam kroch ich zum Vorderdeck. Dort musste es noch etwas zu trinken geben. Aufrecht stehen und gehen fiel mir schwer, da die Schmerzen im Kopf und an den Schusswunden so stark waren, dass mir schwindelig und übel wurde, wenn ich ein paar Schritte ging. Doch schließlich erreichte ich die Luke am Vorderdeck, öffnete sie und stieg runter. Endlich fand ich ein Fässchen Trinkwasser und ein paar Kokosnüsse, die am Boden herumkollerten. In meiner Lage konnte ich nichts tun, außer mich so gut es ging zu verstecken und gegen nen neuen Angriff zu wappnen. Im Zwischendeck fand ich ne Axt und eine der Pistolen, die der Käptn hatte fallen lassen. Sie hätte mir nicht viel genutzt, da sie nicht geladen war, doch derlei kam mir gar nicht erst in den Sinn, als ich mir im Vorderdeck ein sicheres Plätzchen zum Schlafen suchte. Und ich schlief tatsächlich. Meine Müdigkeit und Erschöpfung ließen mich vergessen, in welcher Gefahr ich immer noch schwebte, und mir war's egal, ob ich leben oder sterben würd. Niemand würd mich vermissen, dachte ich, und dieser Gedanke brachte mir Frieden.

Ich erwachte von ner leichten Berührung am Arm. Nach einigen Stunden Schlaf war mir, als hätt ich nen schlechten Traum gehabt oder am Vorabend einen zu viel gebechert. Nun rüttelte mich Keating oder der gute Sullivan wach, damit ich ihn am Ruder ablöste. Doch als ich die Augen öffnete, beugte sich eine Schreckgestalt über mich, ein Gesicht wie geschmolzene Lava. Ich fuhr auf, um die Gestalt wegzustoßen, diesen nach Scheiße stinkenden Teufel.

›Howes‹, flüsterte er, ›alle tot. Alle tot.‹ Dann brach er auf den Planken zusammen und krümmte sich wie ein Nachtkäfer in der Mittagssonne. Es dauerte nen Moment, bis ich klar denken konnte. Dann kniete ich mich vorsichtig neben die am Boden liegende Gestalt, die sich vor Schmerzen wand. Smith. Schließlich erkannte ich ihn, trotz Dreck und Blut, trotz des entstellten Gesichts. Ich wusste nicht, wie er es geschafft hatte, aus dem Lazarett zu entkommen. Der kleine Stauraum in der Kajüte war freilich mit dem Frachtraum verbunden. Später erzählte er mir, er habe sein Taschenmesser benutzt, um die Fesseln durchzuschneiden, und sei dann in den Frachtraum gekrochen. Doch als ich ihn fragte, was in der Kajüte vorgefallen sei, konnte er nicht sprechen. So kümmerte ich mich um ihn, gab ihm was zu trinken und überlegte, was ich noch tun könnte, außer drauf zu warten, dass Stewart uns fand und uns den Gnadenschuss gab. Es war Montagmorgen, als die Deckluke geöffnet wurde und ich eine vertraute Stimme hörte: Kapitän Callendar.«

Der Amerikaner nickte, als Howes seine Geschichte beendet hatte. Ich musterte Smith, der mit der Wolldecke über den Schultern dasaß, zu Boden starrte und mit dem gekrümmten Oberkörper immerzu vor- und zurückschaukelte. Scoresby versuchte, ihm einen Kommentar zu entlocken: »Sie haben gesehen, was in der Kajüte geschah. Können Sie etwas dazu sagen?«

Smith wiegte sich hektisch vor und zurück, ohne den Blick zu heben. »Sie sind tot, sie sind alle tot«, flüsterte er.

Ich glaubte nicht, dass er in der Verfassung war, uns einen zusammenhängenden Bericht seiner Erlebnisse zu liefern, und wollte Scoresby vorschlagen, nach achtern zu gehen, um nach dem Jungen, Thomas Hammond, zu sehen. Doch Smith hob unvermittelt den Kopf und sagte: »Es ist meine Schuld.«

»Wie meinen Sie das?« Scoresby musterte skeptisch den einäugigen Steuermann.

»Es ist meine Schuld«, wiederholte Smith. »Ich hätt's verhindern können. Ich weiß nicht genau wann. Sonntag vielleicht. Ich wachte auf, als jemand begann, Nägel oder Krampen in die Bodenplanken der Kajüte zu schlagen. Der Zimmermann hatte ein Luftloch in die Luke des Lazaretts gesägt. Trotzdem konnte ich nicht viel sehn. Ich wusste nicht mal, wer alles in der Kajüte war, denn man hatte mir seit langer Zeit nichts mehr zum Trinken und zum Essen gebracht. Mir war elend zumute. Ich lag da, in meiner eigenen Scheiße, konnte mich kaum bewegen und wusste nicht mehr ob ich schlief oder wach war. Manchmal hörte ich jemanden rufen, schreien oder beten. Manchmal hörte ich ein Kind weinen. Hammond. Dann ein Ruf: ›Schiff ahoi!‹ Ich spitzte die Ohren, doch der Ruf wurde nicht wiederholt. Irgendwann später hörte ich jemanden mit schweren Schritten in die Kajüte poltern, dann die Stimme des Kapitäns, der ruhig aus seinem Gebetbuch vorlas. Als er seine Gebete beendet hatte, rief er meinen Namen. Die Luke öffnete er nicht. Er schlug vor, mir und allen, die an der Meuterei beteiligt waren, das Beiboot zu überlassen.

Ich weiß nicht warum, aber seine Worte machten mich rasend. Ich schrie, er solle sich verdammt nochmal zum Teufel scheren.

Dann, vielleicht zwei, drei Stunden später, hörte ich erneut Schritte, und einer der Jungs rief: ›Ein Schiff, Sir! Ein Schiff! Sie haben unsre Flagge gesehn, diesmal kommen sie näher!‹

Ich dankte dem Herrgott für unsere Rettung. Unser Leiden würde ein Ende haben, dessen war ich mir sicher. Doch kurz darauf begannen die Schreie. Unmenschliche Schreie. Ich hatte nur noch einen Gedanken: Ich wollte nicht sterben. Durfte nicht sterben. Meine Frau. Meine Kinder. Im nächsten Moment fuhr ein Spieß, eine Harpune, durch das Luftloch in mein Gesicht. Immer wieder. Sie verfehlte mich zweimal knapp, doch der dritte Stoß traf mein Auge, und ich schrie, schrie mir die Seele aus dem Leib. Die Harpune stieß immer wieder herab, ritzte Hals und Wange, zerfetzte mein Ohr. Da biss ich mir auf die Zunge, um nicht schreien zu müssen. Die Harpune stieß erneut herab und blieb in einem der Lederballen stecken, neben denen ich gelegen hatte. ›Jetzt ist es aus mit ihm‹, keuchte jemand. Damit endeten die blindwütigen Stöße. Die Schreie waren längst verstummt.

Stille. Dann hörte ich ein Schluchzen, das leise Weinen eines verlassenen Kindes.«

XII

Smith barg das Gesicht in den Händen. Seine Schultern zuckten als würde auch er weinen. Howes runzelte die Stirn, als ob er diese Geste als Zeichen von Schwäche missbilligte. Wir warteten, bis Smith sich wieder beruhigt hatte. Ich brannte darauf, ihm ein paar Fragen zu stellen, da mir etliche Punkte seiner Geschichte unklar erschienen.

»War es der Kapitän, der sagte: ›Jetzt ist es aus mit ihm‹«, fragte ich, »oder einer der Schiffsjungen?«

Smith schwieg.

»Und was waren das für Schiffe, die Sie beide erwähnten? Ein Schiff wurde ausgerufen, bevor Sie, Howes, mit dem Kapitän kämpften und durch einen Schlag auf den Kopf außer Gefecht gesetzt wurden, nicht wahr? Das war wohl dasselbe Schiff, das ausgerufen wurde, bevor der Kapitän in der Kajüte erschien und betete. Dann scheint sich die Geschichte zu wiederholen. Die Jungs riefen ein Schiff aus, das anscheinend auf das Notsignal reagierte und näherkam. Daraufhin herrschte offenbar eine Zeitlang Stille, bevor unvermittelt das Morden begann. Dieses zweite Schiff, könnte das die *Mary Stubbs* gewesen sein?«

»Unmöglich«, antwortete Kapitän Callendar und schüttelte den Kopf. »Wir holten die *Mary Russell* erst am nächsten Morgen ein.«

Scoresby sah mich verwundert an: »Sie glauben, dass dieses unbekannte zweite Schiff eine Rolle gespielt hat? Dass andere Personen, Männer von diesem Schiff an Bord der *Mary Russell* waren, als die Morde geschahen?«

Ich war stolz auf meine Theorie und wollte sie nicht gleich wieder fallenlassen. Dass ein Mann allein für die Bluttat verantwortlich war, ein Mann wie Stewart, erschien mir immer noch unwahrscheinlich. »Warum nicht? Kapitän Callendar, Sie haben uns erzählt, dass auch die Schiffsjungen gefesselt waren und in einer der beiden Offizierskabinen saßen, als Sie die Kajüte inspizierten. Howes lag ohnmächtig im Zwischendeck, als seine Kameraden erschlagen wurden, und Smith hat nur sehr vage Angaben darüber gemacht, was er gesehen und gehört hat. Ich wüsste auch allzu gern, was es mit den Hammerschlägen auf sich hatte, die beide erwähnt haben. Können Sie uns nicht mehr über den entscheidenden Moment sagen, etwas darüber, was in der Kajüte wirklich geschah, Mr. Smith? Und wie sind Sie entkommen? Hatte der Kapitän Ihnen nicht das Messer abgenommen?«

Meine beharrlichen Fragen wurden mit einem Schweigen quittiert, einem trotzigen, fast feindseligen Schweigen. Schließlich flüsterte Smith einige halbverständliche schottische Schimpfworte und sagte: »Fragen Sie Kapitän Stewart. Der muss es wissen.« Seine Stimme bebte vor unterdrückter Wut. »Das Messer hat er mir nicht abgenommen. Muss es wohl vergessen haben.«

Ich hielt es für angebracht, ihn nicht weiter zu peinigen, doch Scoresby hakte nach: »Hatten Sie vor diesen Ereignissen eine gute Beziehung zum Kapitän? Hat er Sie nicht sogar bevorzugt, Ihnen den Rang des Ersten Steuermanns zugesprochen, den zuvor Swanson besetzte?«

»Stimmt schon«, murmelte Smith, der sich einigermaßen gefasst hatte. »Es lief alles gut an Bord der *Mary Russell*. Ich weiß nicht, warum er Swanson degradiert hat. Später hat er sich immer über seinen Akzent lustig gemacht. Der Mann war Schwede. Stewart machte gern seine Späße darüber, aber Swanson war kein Hitzkopf. Vielleicht war er an derlei Spott sogar gewöhnt, jedenfalls ist er nie darauf eingegangen. Stewart hat auch versucht, mein Schottisch nachzuäffen. Das war so eine harmlose Schrulle von ihm. Weiß der Teufel, was er so verdammt lustig daran fand.«

»Howes, sagte vorhin, dass der Kapitän Ihnen von eigenartigen Träumen erzählte.«

»Ja, er hat mir immer wieder von diesem Traum erzählt. Wirres Zeug. Ein großer Mann, der ihn an der Hand führt. Ein nächtlicher Hafen. Ein Haus mit vier mächtigen Säulen und dergleichen. Ich hielt das für Geschwätz. Altweibergeschwätz und Aberglauben. Kapitän Stewart sprach davon als würde er es ernst nehmen, hatte stets sein Gebetsbuch zur Hand und blätterte in seiner Bibel, um eine Stelle zu finden, die seinem Traum ähnelte. Er war fromm, schimpfte aber gern auf die Katholiken. Sagte, die seien doch allesamt gottlose Pfaffenknechte. Und sein Traum, so meinte er, hätte eine bestimmte Bedeutung. Er fragte mich oft, ob Träume Botschaften oder Zeichen seien und was sein Traum wohl bedeutete. Ich wusste keine Antwort darauf. Für mich hatte das, was er mir erzählte, keinen erkennbaren Sinn, und das sagte ich ihm auch deutlich. Ich sagte ihm auch, dass ich katholisch bin.«

»Und wie kam es dazu, dass er plötzlich Angst vor Ihnen bekam und Sie aus der Kajüte ins Vorschiff verbannte?« Scoresbys Frage schien einen wunden Punkt getroffen zu haben, denn Smith raffte die Decke eng um die Schultern als wollte er seinen Kopf zurückziehen wie eine Schildkröte, die unter ihrem Panzer Schutz sucht. In seiner heiseren Flüsterstimme meinte ich, erneut unterdrückte Wut zu erkennen.

»Ja, das stimmt. Er hat mich aus der Kajüte verbannt. Stewart war launisch. Verdammt launisch. Morgens war er dein bester Freund, abends starrte er dich an, als hätt er ein Gespenst gesehen. Man wusste nie, woran man bei ihm war. Eben noch günstige Brise, im nächsten Augenblick Sturm. Ich wurd nicht schlau aus ihm. Eines Abends, während der Rückfahrt von Barbados, gab ich bei Tisch ein paar Geschichten aus meiner Navy-Zeit zum Besten. Wir haben oft über die Stränge geschlagen damals. Hat doch jeder, nicht wahr? Jeder, der in der Marine gedient hat, kennt solche Geschichten. Nichts Besonderes, wie? Und Stewart hört zu, grinst breit, nickt, zwinkert. Plötzlich reißt er die Augen auf, wird ganz bleich, bleicher noch als der kleine Hammond, steht auf und befiehlt mir, die Offizierskabine zu räumen, die Kajüte zu verlassen und im Zwischendeck zu übernachten. Ich war zu verblüfft, um zu widersprechen oder eine Erklärung zu verlangen.«

»Auf welchem Schiff haben Sie gedient, und was waren das für Geschichten, die Sie dem Kapitän erzählten?« Ich konnte es nicht genau benennen, hatte aber das Gefühl, dass die Ereignisse auf der *Mary Russell* tiefer in der Vergangenheit wurzelten, als es zunächst den Anschein gehabt hatte. Smiths Antworten schienen etwas auszuklammern, das sich durchaus als wichtig erweisen konnte.

»Auf der *Lopara*, Sir. Eine Fregatte. Prächtiges Schiff. Ich erzählte dem Kapitän allerlei Seemannsgarn über die Piraten der Barbarenküste, die Hurenhäuser von Neapel und meine Kameraden, von denen einige Trafalgar und den Ägyptenfeldzug mitgemacht hatten. Ein wilder Haufen. Harte Kerle waren das, sag ich Ihnen.«

Ich notierte den Namen der Fregatte in meinem Taschenkalender. Ich hatte ihn nie zuvor gehört und er kam mir recht eigenartig vor. Scoresby musterte den Steuermann nachdenklich und wandte sich dann noch einmal an John Howes: »Mir ist eben eingefallen, was einer der Schiffsjungen vorhin zu uns sagte. Er meinte, wir sollten Ihnen kein Wort glauben. Welchen Grund könnte er wohl für eine solche Behauptung haben?«

Ich bemerkte, dass Howes die Hand, mit der er seinen Zinnbecher umfasste, anspannte, als wollte er das Trinkgefäß zerquetschen. Ansonsten blieb er ruhig und seine Miene ließ weder Zorn noch Nervosität erkennen.

»Ich will nichts Schlechtes über die Jungs sagen. Deaves, Scully und Rickards. Sie sind nicht anders als all die andren Grünschnäbel, die zur See fahren, weil ihre Väter ebenfalls zur See gefahren sind oder einfach, weil ihnen das Dach auf den Kopf fällt und sie von großen Abenteuern träumen. Sie lernen bald, dass unser Leben kein Zuckerschlecken ist, dass man gehorchen muss und sich nicht vor Drecksarbeit drücken darf. Nach ein paar Tagen gewöhnen sie sich dran, und zwei, drei Wochen später benehmen sie sich wie alte Teerjacken. Latschen breitbeinig übers Deck, kauen an nem Stück Werg oder schnorren Tabak für ihre Tonpfeifen. Unsere Jungs waren auch so. Sie waren stolz, aber mächtig grün hinter den Ohren. Sie waren fleißig, hatten aber noch kein Gefühl dafür, wo ihr angestammter Platz ist. Käptn Stewart hat sich anfangs nicht groß um sie gekümmert. Doch dann, während der Rückfahrt, hat er es irgendwie geschafft, sie auf seine Seite zu ziehen, sie davon zu überzeugen, dass die Crew sich gegen ihn verschworen hatte. Sie glaubten ihm aufs Wort, aber ich weiß wirklich nicht, wie er sie überzeugt hat. Es muss einer von ihnen gewesen sein, der mir nen Hieb auf den Schädel verpasst hat, als ich mit dem Kapitän kämpfte. Ich werde keinen Namen nennen, Ihnen nicht und auch nicht dem Coroner oder dem Richter. Die Jungs sollen meinetwegen keine Schwierigkeiten bekommen. Sie haben genug mitmachen müssen. Sie haben Dinge gesehen, an denen manch weitgereister Seemann zerbrochen wär. Lassen wir sie also in Frieden!«

XIII

Ich atmete tief durch. Nach den ein, zwei Stunden, die wir im stickigen Mannschaftsquartier im Vorschiff verbracht hatten, war ich dankbar für die frische Luft und die leichte Brise, die meine schweißnasse Stirn kühlte. Ich wischte mir mit meinem Taschentuch über das Gesicht und bat Kapitän Callendar um einen Schluck Wasser. Der Amerikaner führte mich und Scoresby zu einem Fass, das achtern neben dem Durchgang zur Kajüttreppe stand, und wir tranken nacheinander aus einem Schöpflöffel.

Ich überlegte im Stillen, ob Howes' letzte Worte bedeuteten, dass wir die Schiffsjungen ihretwegen oder seinetwegen in Frieden lassen sollten. Wollte er sie beschützen oder wollte er vermeiden, dass wir sie gründlicher befragen? Dennoch wirkte der Matrose glaubwürdiger als der Steuermann Smith, der mich bei allem Mitgefühl, das seine entsetzlichen Wunden weckten, misstrauisch machte, da er etwas Wichtiges zu verheimlichen schien.

»Haben Sie je von einem Schiff namens *Lopara* gehört?«, fragte ich Scoresby und Callendar schließlich. Beide schüttelten den Kopf.

»Seltsamer Name. Spanisch? Italienisch?«, brummte der Amerikaner. »Vielleicht meinte er *Novara*?«

Bevor jemand antworten konnte, hörten wir Schritte auf der Kajüttreppe und kurz darauf erschien ein korpulenter Mann, dessen elegante Kleidung nicht recht zu der schmucklosen Umgebung passen wollte. Er trug eine bestickte Samtweste über einem weißen Hemd, dessen Ärmel bis zu den Ellenbogen hochgekrempelt waren. An der Westentasche glitzerte die Goldkette einer Taschenuhr. Sein Gesicht war hektisch gerötet, sein lockiges rabenschwarzes Haar klebte in Strähnen auf der niedrigen Stirn.

»Kapitän Callendar«, rief er, ohne auf mich oder Scoresby zu achten, »ist der Coroner endlich eingetroffen? Tom geht es schlecht. Er kann unmöglich länger an Bord bleiben. Der Junge muss schleunigst nach Hause zu seiner Mutter.«

Callendar nickte bedächtig. Er antwortete nicht sofort, sondern stellte uns zunächst einander vor: »Mr. James Hammond, der Vater von Thomas Hammond, dem Jungen, der als Passagier auf der *Mary Russell* fuhr«, sagte er zum Schluss.

»Wäre es nicht möglich, die Aussage des Jungen zu protokollieren und ihn dann mit seinem Vater gehen zu lassen?«, fragte mich Scoresby in einem Ton, der nur eine Antwort zuließ. Tatsächlich wusste ich nicht, ob ich dazu berechtigt war, der gerichtlichen Untersuchung vorzugreifen, hielt den Vorschlag aber für vernünftig, obwohl unsere bisherigen Erkundigungen alles andere als offiziell gewesen waren.

Ich wandte mich an Hammond: »Ihr Sohn ist sehr krank, nicht wahr? Ist er in der Lage, einige Fragen zu beantworten?«

»Ja, sicher. Er hat bis jetzt geschlafen. Sein Freund, Henry Rickards, ist bei ihm. Ich wäre Ihnen sehr dankbar, wenn Sie die Befragung unverzüglich durchführen könnten.«

Ich ging davon aus, dass der Senior Coroner, Henry Hardy, den Fall übernehmen würde. Hardy war streng, wie es seinem Amt gebührt, aber er war kein geistloser Paragraphenreiter. Außerdem war er mit meinem Vater befreundet gewesen, der bis zu seinem frühen Tod ebenfalls als Laienrichter gedient hatte. So ging ich also auf den Vorschlag ein und bat Hammond, uns zu seinem Sohn zu führen. Scoresby, Callendar und ich folgten Hammond in die Kajüte, einen Raum mit großen Heckfenstern, in dem es auch ohne Öllampe hell genug war, um ein Protokoll in Kurzschrift zu fertigen. Wir hatten vereinbart, dass ich diese Aufgabe übernehmen würde, während Scoresby die Fragen stellte.

Thomas lag angekleidet in einer der beiden Kojen. Er trug schlichtes, aber sauberes Seemannszeug, das dem mageren, hohlwangigen Knaben ein wenig zu groß war. Wahrscheinlich hatte einer der Schiffsjungen der *Mary Stubbs* ihm die frischen Kleidungsstücke geliehen. An der Kante der Koje hockte ein etwa gleichaltriger Knabe, der zwar ebenso bleich und mitgenommen aussah wie sein Freund, aber viel kräftiger gebaut war. Seine Plünnen waren so verdreckt wie die seiner beiden jungen Kameraden auf der *Mary Russell*. Die beiden Kinder blickten uns mit unverhohlener Neugier an, als wir nacheinander die geräumige, gut gelüftete Kajüte betraten.

Kapitän Callendar zeigte mir einen Platz an dem großen Tisch in der Mitte des Raumes, wo ich mich setzen konnte, und suchte in einer Kiste nach Papier für das Protokoll. Scoresby nahm unterdessen einen Holzschemel und rückte ihn in die Nähe der Koje. »Keine Sorge, Tom«, sagte er zu dem liegenden Knaben, »dein Vater bringt dich gleich nach Hause. Darf ich mich noch einen Augenblick zu dir setzen?«

Tom nickte und wechselte einen unsicheren Blick mit Rickards, dem Schiffsjungen, dessen Miene ausdruckslos blieb.

»Als ich in eurem Alter war«, sagte Scoresby, »war ich oft krank und musste im Bett bleiben, während meine Geschwister draußen spielten. Mein Vater tröstete mich immer mit einer kleinen Geschichte: Bevor er zur See fuhr, arbeitete er als Lehrling auf einem Bauernhof in Yorkshire. Eines Tages, im Winter, wollte er seine Tante besuchen, die in einem Nachbardorf lebte. Obwohl es schon spät war und zu schneien begann, machte er sich unverdrossen auf den Weg. Er geriet in einen Schneesturm, so heftig, dass alles unter einer dicken weißen Decke verschwand. Bald stand er knietief im Schnee und wusste nicht wohin, denn sein Pfad war nicht mehr zu erkennen und rundum herrschte nichts als Finsternis. Wäre er stehen geblieben, hätte man ihn wohl erst im nächsten Frühling gefunden. Hätte er versucht, zu seinem Hof zurückzukehren, hätte er sich hoffnungslos verirrt. So beschloss er, auf Gott zu vertrauen und in die Richtung, die er anfangs eingeschlagen hatte, weiterzugehen. Er stapfte langsam, aber unbeirrt durch den tiefen Schnee. Die Schneeflocken nahmen ihm die Sicht, doch er blieb auf Kurs. Er blieb der inneren Stimme treu, die ihn leitete und lotste. Er wanderte stundenlang, ohne etwas zu sehen, doch schließlich wurde seine Treue und sein Vertrauen belohnt. Er sah ein kleines Licht in der Ferne, dann noch eines und noch eines, und er ging darauf zu. Es waren die hell erleuchteten Fenster des Dorfes, das er gesucht hatte.«

Scoresby hatte eine andere Version dieser Anekdote schon vor einigen Tagen zu Hause in Corkbeg zum Besten gegeben. Obwohl mir nicht ganz klar war, was er damit sagen wollte, begriff ich, dass er auf diese Weise eine Beziehung aufbaute und den Eindruck erweckte, er wolle lediglich seine Geschichte gegen eine andere tauschen. Vielleicht lag es auch an seiner tiefen, fast hypnotischen Stimme, jedenfalls wich die Anspannung in den Gesichtern seiner jungen Zuhörer einer stillen, nachdenklichen Aufmerksamkeit.

»Hat Kapitän Stewart dir manchmal Geschichten von seinen Reisen oder seiner Familie erzählt, Tom?«

Der Junge schüttelte langsam den Kopf. »Er hat nicht viel mit mir gesprochen, aber manchmal hat er nach dem Abendessen aus seiner Bibel vorgelesen.«

»War er oft krank oder übellaunig?«

»Ich weiß nicht. Auf der Heimfahrt hat er manchmal so komische Grimassen gemacht. Er hat die Augen verdreht. Er war anders als auf der Fahrt nach Barbados. Man konnte nicht mehr mit ihm reden, aber er sagte immer: ›Ich muss nur ein paar Stunden schlafen.‹ Böse oder übellaunig war er nicht, krank auch nicht, aber anders. Einmal bekam ich Angst, als er mir die Pistolen zeigte, die er auf einem anderen Schiff gekauft hatte. Er sagte, mit den Waffen könnte er die Meuterer in Schach halten.«

»Hat er auch gesagt, wer die Meuterer waren und was sie im Schilde führten?«

»Es ging um viel Geld, glaub ich. Das Schiff mitsamt der Fracht wär viele Tausend Pfund wert, und die Männer hätten es darauf abgesehen. Kapitän Raynes war der Anführer, denn er hatte sein eigenes Schiff verloren, und er redete Irisch mit den anderen Männern, damit Kapitän Stewart ihn nicht belauschen konnte.«

»Sprach Kapitän Stewart je von einem Traum oder von merkwürdigen Zeichen?«

»Nein, das nicht. Nur davon, dass ich mich nicht fürchten sollte und er dafür sorgen würde, dass ich heil nach Hause käme. Das hatte er Vater versprochen. Er sagte, dass wir die Meuterer Matt setzen müssen, dass wir durchhalten müssen, bis ein anderes Schiff unser Notsignal sichtet.«

»Wann habt ihr eigentlich das Notsignal gehisst?« Scoresby richtete diese Frage an den Schiffsjungen, Henry Rickards.

»Ich weiß nicht genau. Einige Zeit nachdem die Matrosen die Segel gerefft hatten ... glaub ich.«

»Zu diesem Zeitpunkt war der Erste Steuermann schon im Lazarett eingesperrt, und die anderen sieben Männer waren in der Kajüte, nicht wahr? Habt ihr Jungs dem Kapitän geholfen, sie zu überwältigen?«

»Wir mussten ihm helfen«, krähte der kleine Rickards. »Wenn wir ihm nicht geholfen hätten, wären wir ja auch Meuterer und man würd uns jagen und hängen wie die Männer der *Hermione*.«

»Hat er euch das erzählt?«

»Ja, und dass wir alle eine Belohnung von den Reedern und von der Versicherung kriegen würden, wenn wir die Meuterer besiegen. Da haben wir ihm natürlich geholfen. Wir riefen einen nach dem anderen runter in die Kajüte. Der Kapitän hat ihnen die Pistolen unter die Nase gehalten, und wir fesselten sie. Keiner hat sich gewehrt. Keiner außer Howes.«

»Wie viele Pistolen hatte der Kapitän?«

Ich wunderte mich ein wenig, warum Scoresby diese Frage

stellte. Sie schien mir nicht wirklich wichtig zu sein, doch im nächsten Moment begriff ich, worauf er hinauswollte.

»Er hatte zwei«, sagte Rickards, ohne lang nachzudenken.

»Er hat sie einem anderen Kapitän abgekauft«, ergänzte Tom Hammond.

»Eine hat er Kapitän Callendar gegeben, als er an Bord der *Mary Russell* kam.«

Callendar nickte. »Ja, das ist richtig. Und Tom hielt eine in der Hand, als Kapitän Stewart mir die Kajüte zeigte.«

Nun erinnerte ich mich daran, was John Howes uns erzählt hatte. Was er im Zwischendeck gefunden hatte: eine Axt und eine Pistole.

»Woher kam die dritte Pistole?«, fragte ich, doch niemand antwortete.

XIV

John Howes war davon ausgegangen, dass Kapitän Stewart die Pistole beim Kampf im Zwischendeck verloren hatte und dass einer der Schiffsjungen die Axt hatte liegen lassen, nachdem er den alten Matrosen mit ein, zwei Schlägen gegen den Kopf überwältigt hatte. Danach hatte Howes die Waffe mit in sein Versteck genommen, doch wenn Callendar und die Jungs die Wahrheit sagten, gehörte sie nicht Kapitän Stewart. Wem gehörte sie dann? Wie war sie ins Zwischendeck gelangt? Hatte sie jemand dort versteckt? Hatte jemand ein Waffenlager angelegt? All diese Fragen weckten zum ersten Mal begründete Zweifel, ob die Crew der *Mary Russell* wirklich so ahnungslos und friedfertig gewesen war, wie es nach den vorherigen Berichten den Anschein gemacht hatte.

Scoresby wiederholte meine Frage, ob jemand etwas über die mysteriöse dritte Pistole wisse, die Howes angeblich gefunden hatte. Niemand konnte etwas darüber sagen.

Vielleicht war es für die Aufklärung der Morde nicht wirklich wichtig. Ich vermerkte diesen Aspekt des Falles vorläufig als ungeklärt. Auch hatten wir bislang nicht erfahren, weshalb Kapitän Stewart ausgerechnet dem kleinen, schwerkranken Tom eine Pistole anvertraut hatte. Scoresby kam jedoch zunächst auf das rätselhafte Hämmern zu sprechen, das Howes erwähnt und Smith nicht näher erklärt hatte.

»Die Männer lagen wehrlos gefesselt auf dem Boden der Kajüte«, antwortete Tom im Ton eines übermüdeten Schuljungen, der ein Referat halten soll. Ich bewunderte den kleinen Burschen dafür, dass er so gefasst blieb, bemerkte aber auch den Fieberschweiß, der wie Wachstropfen auf seiner blassen Stirn perlte. »Kapitän Stewart machte sich aber ständig Sorgen, dass sie ihre Fesseln lockern oder sogar lösen könnten. So holte er aus Mr. Cramers Werkzeugkasten einen Hammer und ein paar

Krampen. Die schlug er dann in den Boden. Einen hinterm Kopf und einen vor den Füßen eines jeden Mannes. Dann machte er Schlingen, die er um Hals und Füße legte und an den Krampen befestigte. Die Männer jammerten und sagten, dass sie sich nicht mehr regen könnten, aber der Kapitän war zufrieden.«

»Das war am Sonntagmorgen«, stellte Scoresby fest. »Am Vormittag kam es zum Kampf mit Howes. Zuvor hat einer der Jungs ein Schiff ausgerufen.«

»Ja, Sir«, antwortete Rickards eifrig. »Wir hatten das Notsignal gehisst, um Hilfe zu bekommen, und der Käpten hat uns befohlen, Ausschau nach Schiffen zu halten. Wir sichteten einen Zweimaster und riefen ihn aus. Doch er segelte einfach vorbei. Käpten Stewart sah zu, wie der Fremde vorbeirauschte. Er war ganz verzweifelt. Er sagte, dass niemand eine Notflagge missachten dürfe. Und wenn man's doch tut, kommt man vor den Richter und muss vielleicht sogar ins Gefängnis.«

Scoresby nickte freundlich. »Da hatte er sicher nicht Unrecht, dein Kapitän. Andererseits hat es schon viele Fälle von Piraterie gegeben, bei denen eine Notlage nur vorgetäuscht wurde, um Schiffe anzulocken, zu entern und zu plündern. In der Regel schaut man sich ein Schiff genau an, um zu prüfen, ob es wirklich in Seenot ist, ehe man ein Risiko eingeht, und die *Mary Russell* hatte keine äußerlich erkennbaren Schäden, nicht wahr?«

Henry Rickards ließ den Kopf hängen und zuckte mit den Schultern. »Nein, Sir.«

»Nachdem das Schiff vorbeigesegelt war, erschien Kapitän Stewart erneut in der Kajüte und betete. Das hat uns zumindest Smith erzählt. Weißt du noch, ob er etwas Bestimmtes getan oder gesagt hat, Tom?«

»Die Männer lagen am Boden. Sie jammerten, wegen der engen Fesseln, weil sie Hunger und Durst hatten und sich nicht bewegen konnten. Der Kapitän kniete zwischen ihnen und las ein Gebet aus seinem schwarzen Buch vor, und er sagte den Männern, dass sie mit ihm beten sollten, damit bald ein Schiff zu ihrer Rettung käme. Kapitän Stewart weinte, während er betete. Dann schlug er den Meuterern vor, ihnen das Beiboot zu überlassen, doch Mr. Smith schimpfte böse. Er wollte erst von Bord gehen, wenn der Hafen erreicht war. Und Mr. Cramer fragte immer wieder, wie ein Mann allein das Boot zu Wasser lassen könnte. Ich wusste nicht, was ich tun sollte. Kapitän Stewart machte mir Angst, denn er hörte nicht zu, wenn ich versuchte, mit ihm zu sprechen. Seine Augen waren so anders, wenn er mich ansah. Ich weiß nicht wie. Aber ich wusste auch, dass er mir nichts antun würde und dass er es kaum ertrug, die Männer so leiden zu sehen.«

»Haben die Männer mit dir gesprochen, wenn der Kapitän nicht da war?«

»Sie haben mich oft um Wasser gebeten, und ich habe ihnen etwas gegeben, wenn es mir möglich war. Mr. Smith konnte ich nichts zum Trinken geben, weil einer der Männer, ich glaube es war Mr. Sullivan, auf der Luke des Lazaretts lag. Mr. Keating, der Matrose, der mir Seemannsknoten beigebracht hatte, war sehr schwach. Manchmal hielt ich ihn für tot, bis er plötzlich hustete und keuchte. Mr. Connell rief manchmal meinen Namen. Er hat mich oft die Maultiere füttern lassen, wenn das Wetter ruhig war und ich die Koje verlassen konnte, und mir davon erzählt, dass seine Frau bald ein Kind kriegen würde. Sollte es ein Söhnchen werden, wollte er es Tom nennen und ein Töchterchen Mary. Seine Frau nannte er immer *poisin glegeal*, und als ich ihn fragte, was das heißt, da sagte er: leuchtende Blume, und *meine Liebste* heißt *a grá*. Er sprach gern Irisch mit Mr. Morley, und die beiden wollten mir ein paar Worte beibringen, und sie lachten, wenn ich ein Wort nicht richtig aussprechen konnte. Kapitän Raynes sagte immer, dass man bei den Mädchen mehr Glück hat, wenn man sie in der alten Sprache anredet, und dabei zwinkerte er mir so lustig zu. Er kannte viele Geschichten über Banshees und Kobolde, die er *Cluricaun* nannte, über Hexenpferde und *Thierna na oge*, das Land der Jugend. So viele Geschichten, mehr als in all meinen Büchern stehen. Doch das war vorher. Vorher ...«

Tom schwieg, und sein Schweigen breitete sich aus wie ein schwerer Nebel, der Worte und Gedanken verschluckt.

»Dann wurde ein zweites Schiff ausgerufen«, sagte Scoresby schließlich. »Das muss Sonntagnachmittag gewesen sein.«

Henry Rickards hatte sich zusammengekauert, als ob Thomas Hammonds Bericht ihn an etwas erinnerte, das er lieber vergessen wollte. »Ja, Sir.« Die Stimme klang dünn und kläglich. »Scully, Deaves und ich waren an Deck, als sich ein neues Segel am Horizont zeigte und rasch größer wurde. Wir lagen ja immer noch beigedreht, sodass uns das fremde Schiff bald einholte. Wir winkten und schrien. Kapitän Stewart trat aus der Kajüte und stand neben uns, als es immer näher kam. Er schwenkte seinen Hut, und es schien, als hätten die Fremden unser Seenotzeichen gesehen. Sie refften Segel, als wollten sie beidrehen und längsseits gehen, um uns Hilfe anzubieten. Doch dann wendeten sie plötzlich, setzten jeden Fetzen Leinwand und machten sich ebenso schnell aus dem Staub wie sie herangesaust waren. Ich sah, wie der Käpten ganz weiß im Gesicht wurde. Ich bekam Angst vor ihm, als er an mir vorbeistapfte, ohne mich anzusehen. Als er die Kajüttreppe hinunterging, hatte er ein schweres Brecheisen in der Hand.«

Tom nickte, und sein Blick wirkte leblos und leer, als er die Geschichte des Schiffsjungen fortführte. Er sprach mit fester Stimme und ohne zu zögern: »Ich habe gesehen, wie der Kapitän in die Kajüte trat. Sein Gesicht war irgendwie ganz schief, er achtete nicht auf mich. ›Gott hat euch alle verflucht‹, schrie er und hob die Eisenstange, die er mitgebracht hatte, um Mr. Swanson zu schlagen. Ich sagte: ›Kapitän, bitte nicht. Töten Sie sie nicht. Wir brauchen die Männer. Wer soll unser Schiff segeln?‹ Er schwieg und schlug Mr. Swanson auf den Kopf, als wolle er einen Holzscheit spalten. ›Nein‹, rief ich. Er schlug ein zweites Mal zu, so heftig, dass Blut auf mich spritzte. Die anderen Männer wussten oder ahnten, was auch ihnen geschehen würde. Sie schrien und flehten. Der Kapitän schimpfte immer nur: ›Schurken! Ihr Schurken!‹ Dann erschlug er Mr. Morley und Mr. Cramer. Er schlug ihnen mit der Stange auf den Kopf, immer wieder. Mr. Sullivan und Mr. Keating und Mr. Connell. Immer nur auf den Kopf, den Kopf, den Kopf, bis sie aufhörten zu schreien. Kapitän Raynes betete laut, als Kapitän Stewart zu ihm kam: ›Ich habe dich verflucht. Jetzt befreie ich dich von dem Fluch‹, sagte er und schlug auch Kapitän Raynes tot. Dann versuchte er mit der Stange durch das Luftloch im Lukendeckel des Lazaretts zu stoßen. Sie war zu kurz. Also nahm er die Harpune, die einer der Schiffsjungen hatte liegen lassen, und stieß sie mehrmals durch das Loch. Ich war ihm gefolgt, hatte versucht, seinen Arm zu umklammern, doch er merkte gar nicht, dass ich da war. Er war blutverschmiert. Mein Hemd und meine Hose waren schon ganz nass vom Blut der Männer, aber der Kapitän hatte noch nicht genug. Es genügte ihm nicht, sie tot zu sehen. Er legte die Harpune beiseite und nahm eine Axt zur Hand. Dann begann er erneut auf Mr. Swansons Kopf einzuschlagen. Er ging zu jedem Mann. Niemand regte sich. Sie waren tot, sie wehrten sich nicht, sie konnten sich nicht wehren, doch Kapitän Stewart hörte trotzdem nicht auf. Er schlug immer wieder zu, bis er ganz außer Atem war. Er keuchte und lächelte. Die Axt fiel zu Boden, und der Kapitän ließ sich in seinen Sessel fallen. Ich stand neben ihm und weinte, doch er sah mich nicht. Er rief nach Henry und den anderen Schiffsjungen und befahl ihnen, ihm einen Teller von dem Fleisch zu bringen, dass er auf der *Mary Harriet* gekauft hatte. Sie brachten es ihm. Keiner wagte, etwas zu sagen. Niemand wagte, nach den Männern zu sehen, die zweifellos tot waren, und deren Blut den ganzen Boden besudelte. Der Kapitän mischte etwas Rum mit Wasser aus einem Krug, bevor er sich dem Fleisch widmete. Wir Vier standen schweigend da und starrten ihn an. ›Seht meine Hände‹, sagte er, ›sie zittern nicht einmal. Ich bin so ruhig wie zuvor, und sie liegen da wie ein Haufen toter Hunde.‹ Er hob seinen Becher und trank gierig.

Er lobte die Schiffsjungen, weil sie so tapfer gewesen waren, und versprach jedem hundert Guineen Belohnung. Die Versicherungsleute von Lloyds, meinte er, würden ihm, dem Retter des Schiffs und der wertvollen Fracht, wohl sieben- oder sogar achttausend Pfund auszahlen. Er lächelte und aß den Teller leer.«

XV

Einige Tage später, als Kapitän William Stewart mir freundlich lächelnd die Hand drückte, sah ich erneut dieses Bild vor mir: Der Kapitän am Tisch der Kajüte, vor ihm ein Teller mit gepökeltem Schweinefleisch, ein Becher gewässerten Rums zur Rechten, ein Krug zur Linken, zu seinen Füßen reglose Männer, verschnürt wie Pakete, die Schädel zertrümmert, die Gesichter zerfleischt. Mir kam es immer noch wie ein billiger Holzschnitt aus einem alten Märchenbuch vor, nicht wie die peinlich genaue Wiedergabe realer Ereignisse. Und das, obwohl ich die *Mary Russell* betreten und die eng nebeneinander liegenden Leichen mit eigenen Augen gesehen hatte.

Tom Hammond, ein zwölfjähriger, lungenkranker Knabe, hatte Dinge erlebt, die einen älteren, erfahreneren Mann um den Verstand hätten bringen können, und er berichtete so ruhig und nüchtern davon, dass seine Geschichte mit jedem Wort unfassbarer wurde. Hätte er geweint und nach seiner Mutter geschrien, wäre mir der Fall vielleicht weniger erschreckend und abstoßend erschienen, doch diese mir unerklärliche Gelassenheit machte mir Kopfschmerzen. Tom, sein totenbleiches Gesicht, seine sachliche, nüchterne Art zu berichten, die ich zunächst haltlos bewundert hatte, vermittelten plötzlich ein seltsames, geradezu abwegiges Gefühl: das Gefühl, in eine fremde Welt geraten zu sein, in der sich glasäugige Puppen Geschichten über Menschen erzählen, als wunderten sie sich zutiefst über deren absurdes Verhalten.

Diese irrwitzige Vorstellung, die ich nicht so leicht abschütteln konnte, hätte ich unmöglich Scoresby und den anderen Zuhörern offenbaren können. So beugte ich mich tiefer über meine Notizblätter und wartete darauf, dass das Verhör fortgesetzt wurde.

»Es war Sonntagabend«, stellte Scoresby fest. Beide Knaben

nickten, und Henry Rickards erzählte stockend, was nach dem gespenstischen Abendessen geschah.

»Der Käpten war zufrieden. Er lobte uns lang und breit und tröstete Tom. Doch dann, draußen war es schon dunkel geworden, wurde er seltsam unruhig. Er sagte kein Wort, sah uns nur schweigend an, mit seinen großen Augen, und wir, wir wollten uns aus dem Staub machen. Uns irgendwo ein Plätzchen zum Schlafen suchen. Nur raus aus der Kajüte, wo's nach Tod und Pisse stank wie im Schlachthaus. Der Käpten hatte eine Öllampe angezündet und an einem Haken an der Decke aufgehängt. Der Raum war voller Schatten, und wir alle bekamen mächtig Angst. Nicht nur vor dem Käpten. Auch vor den Toten, obwohl die uns nichts mehr anhaben konnten, außer uns im Traum zu besuchen. Wir wollten fort, an Deck, doch der Käpten ließ uns nicht gehn. Er deutete auf die Offizierskabine und scheuchte uns hinein. Tom sollte die Koje bekommen, wir anderen am Boden schlafen. Vorher wollte er uns aber noch Hände und Füße fesseln, nur zur Sicherheit, sagte er. Da wusste ich, er würde uns dasselbe antun, was er den Männern angetan hatte. Er würde uns festbinden, damit wir uns nicht wehren konnten und dann würd er uns allen die Schädel einschlagen. Ich glaub, Scully wurde vor Angst ganz wirr im Kopf. Er greinte wie ein Baby, und John Deaves war so blass und stocksteif, als wär er schon auf dem Weg ins Grab. Nur Tom sprach. Er redete ständig auf den Käpten ein und bat ihn immer wieder, uns zu verschonen. Doch der Käpten wollte uns nichts zuleide tun, sagte er zumindest. Er schwor's sogar auf sein schwarzes Buch. Dann gab er Tom eine Pistole. Tom sollte ihn erschießen, wenn er, der Käpten, uns ein Leid antun wollte. Tom nahm die Pistole und zielte auf den Käpten. Der nickte nur und holte dann Schnur, um uns die Hände zu fesseln. Wir konnten nichts tun, ließen es geschehn. Schlafen konnten wir nicht, keiner von uns, also spitzten wir die Ohren, lauschten auf jedes leise Geräusch und warteten auf den Morgen.«

Wir wussten bereits, was an jenem Morgen geschehen war. Kapitän Callendar und John Howes hatten es uns erzählt. Wir hatten alle Stücke des Puzzles gesammelt und sinnvoll zusammengesetzt, und dennoch hatte ich das Gefühl, dass das Gesamtbild nicht ganz lückenlos war und ebenso viele Fragen aufwarf wie beantwortete. Nicht dass es meine oder unsere Aufgabe gewesen wäre, sie zu beantworten, doch es gab etliche Aspekte dieser unglaublichen Geschichte, die mir keine Ruhe ließen und mich quälten wie entsetzliche Misstöne in einem Musikstück.

Scoresby warf mir einen vielsagenden Blick zu, den ich nicht zu deuten vermochte. Wollte er, dass ich den Knaben weitere Fragen stellte? Er selbst schien Zeit zu benötigen, das Gehörte zu verarbeiten.

»Dürfen wir ... jetzt gehen?«, fragte Mr. Hammond zögernd in die Stille hinein. Er hatte die Schilderungen seines Sohnes mit offenem Mund und weit aufgerissenen Augen verfolgt.

»Gehen Sie nur«, sagte ich schließlich, da niemand sonst auf die Frage reagierte. »Ich muss allerdings noch Ihre genaue Adresse notieren. Ich spreche dann mit dem Coroner, der sicher Verständnis für Ihre Lage hat. Es kann dennoch sein, dass jemand weitere Fragen stellen möchte, und Tom wird vielleicht auch vor Gericht als Zeuge aufgerufen. Das heißt, falls es zur Verhandlung kommt. Momentan wissen wir ja nicht einmal, wo Kapitän Stewart ist oder wer ihn aus dem Meer gefischt hat.«

»Dann sorgen Sie gefälligst dafür, dass der Halunke gefasst und baldigst aufgeknüpft wird«, blaffte Hammond. Ich nickte bedächtig, als ob dies wirklich meine Aufgabe sei, und sah zu wie der Reeder seinen Sohn aus der Koje hob, um ihn die Kajüttreppe hinauf an Deck zu tragen, denn er war viel zu schwach, um selbst zu gehen.

»Kann uns jemand an Land bringen?«, rief Hammond uns über die Schulter zu. Sein anmaßender Ton gefiel mir nicht, aber ich bot trotzdem meine Hilfe an. »Wir nehmen Sie mit. Unsere

Bootsführer warten in der Barkasse. Steigen Sie ein. Die Matrosen sind Ihnen gewiss behilflich.«

»Kommen Sie«, sagte ich an Scoresby gewandt, der reglos auf seinem Schemel neben der Koje saß und immer noch darüber nachzudenken schien, was die beiden Knaben eben berichtet hatten. Ihm war wohl damals schon klar, dass dieser Fall keineswegs abgeschlossen war und weitere, unerklärliche Rätsel auf uns warteten.

»Wir können hier nichts mehr tun, und es steht uns nicht zu, an der offiziellen Untersuchung teilzunehmen«, sagte ich.

»Sollten wir nicht auf den Coroner warten?«

»Es dürfte genügen, wenn ich Kapitän Callendar meine Karte gebe. Henry Hardy kennt mich und weiß, wo er mich findet.« Tatsächlich wollte ich die beiden Schiffe, die Zeugen und Überlebenden der Tragödie so rasch wie möglich hinter mir lassen. Ich hatte nicht das Bedürfnis, den Arzt und den Coroner bei der Besichtigung der *Mary Russell* und der Untersuchung der verstümmelten Leichen zu begleiten. Auch wollte ich nicht weiter darüber nachdenken, dass irgendwo dort draußen ein Mörder, ein offenkundig wahnsinniger Schlächter, frei umherlief und nach neuen Opfern suchte.

»Was geschieht nun?« Scoresby teilte offensichtlich nicht den Wunsch, den Schauplatz dieses grauenvollen Verbrechens rasch zu verlassen.

»Sobald der Coroner eingetroffen ist, werden die Mordopfer im Beisein vereidigter Zeugen von einem Arzt untersucht. Man wird sie an Deck bringen, dann an Land, wahrscheinlich nach Cork in die Leichenhalle oder nach West Passage. Man wird Howes, Smith und die Schiffsjungen befragen. Ich schätze, die gerichtliche Untersuchung wird morgen fortgesetzt und abgeschlossen werden. Der Fall scheint doch ziemlich klar zu sein: William Stewart hat – aus welchem Grund auch immer – seine Crew misshandelt und getötet. Man wird die Sheriffs und die

Wachen informieren und den Kerl hoffentlich bald fassen und einsperren.«

»Aus welchem Grund auch immer? Wird man sich damit zufriedengeben?« Scoresby sah mich durchdringend an, als wäre ich ein Experte für komplizierte Kriminalfälle.

»Das Spekulieren können wir den Zeitungsleuten überlassen. Oder den Theologen«, fügte ich boshaft hinzu. »Wir sollten bei den Fakten bleiben.«

»Sie sind also dagegen, die Fakten zu hinterfragen?« Scoresby lächelte nachsichtig. Meine spitze Bemerkung hatte ihn keineswegs gekränkt, ich aber wich seiner Herausforderung aus und fasste meine Meinung in wenigen Worten zusammen: »Die große Frage nach dem Warum müsste man Kapitän Stewart stellen, wenn er sie denn beantworten kann. Meiner Meinung nach hat er die Morde in einem Anfall geistiger Umnachtung begangen, und wenn Sie sich daran erinnern, was Kapitän Callendar über Stewarts eigenartiges Verhalten erzählt hat, müssten Sie zu dem Schluss kommen, dass dieser Anfall möglicherweise nur den Anfang einer grundlegenden seelischen Erschütterung darstellte. Stewart hat im wahrsten Sinne des Wortes den Verstand verloren.«

Scoresby schüttelte nachdenklich den Kopf. »Für derartige Schlussfolgerungen ist es zu früh, fürchte ich. Viel zu früh!«

XVI

Ich liebte den Duft frischgebackener Scones, der aus Gertruds Küche strömte, als das Dienstmädchen uns durch das Haus in den Garten führte. Die Hausherrin, unsere Cousine, saß mit Elizabeth an einem kleinen Teetisch, den man auf der Wiese aufgestellt hatte. Meine kleinen Nichten und Neffen, zwischen vier und sieben Jahren alt, tobten um sie herum wie ein »Sack voll Affen« – so hatte mein Vater meine Geschwister und mich immer genannt, als wir noch Kinder waren. Sie hielten jedoch mitten in ihrem ausgelassenen Spiel inne, als sie neben mir Scoresby erblickten, und rannten jubelnd an uns vorbei ins Haus.

Wir begrüßten zunächst die Damen. Scoresby entschuldigte sich wortreich bei seiner Frau für unsere Verspätung, während Elizabeth sich sichtlich Mühe gab, nicht allzu vorwurfsvoll dreinzuschauen. Ich ahnte, dass sie sich ausgeschlossen fühlte, war aber dennoch froh, dass sie uns nicht begleitet hatte. Es war ihr unmöglich, vom Leid anderer zu erfahren, ohne selbst zu leiden. Wir setzten uns, und Gertrud schenkte uns Tee ein. Dankbar nahm ich meine Tasse entgegen.

»Lizzy hat mir alles erzählt. Hat es wirklich einen Mord gegeben? Wie schrecklich!«

Gertrud war eine sehr hübsche, etwas füllige Frau mit unweigerlich roten Wangen, die ich noch nie erblassen gesehen hatte, doch ihre Worte machten mir klar, dass es mir schwer fallen würde, in ihre sorglose Welt der Nachmittagstees zurückzukehren. Sie konnte sich im Plauderton über etwas unterhalten, das entsetzliche Bilder vor meinem inneren Auge heraufbeschwor, und mir wurde bewusst, dass ich mich früher ebenso unbedarft zu lokalen Unglücksfällen oder Untaten geäußert hatte. Solange man das Grauen nicht selbst gesehen oder sogar erlebt hat, bleibt es eine Geschichte, die uns vielleicht schaudern lässt, aber nie wirklich in unseren Alltag und unsere Träume eindringt.

»Ja, *schrecklich*. Bei dir klingt das, als hätte jemand aufs verdammte Tischtuch gekleckert!«, knurrte ich gereizt und bedauerte meine Grobheit sofort: »Entschuldige, aber die letzten Stunden waren wirklich schlimm. Ist Charles nicht zu Hause?«

»Er hat noch zu tun. Er hat immer so viel zu tun.«

Der Glückliche, dachte ich zynisch, doch bevor ich eine unverfängliche Antwort geben konnte, kamen die Kinder zurück. Sie scharten sich um Scoresby und redeten munter auf ihn ein. Offenbar wollten sie noch einmal die Geschichte von dem Eisbären hören, den sein Vater gezähmt hatte. Die Kleinen hatten sogar selbstgemalte Bilder mitgebracht, die mein Schwager nun ausgiebig bewunderte. Ich bewunderte meinerseits die Unbeschwertheit, die er, so kurz nach unseren bedrückenden Erlebnissen, an den Tag legte.

Vor weniger als einer Stunde hatten wir uns von Kapitän Callendar und Henry Rickards verabschiedet. Wir hatten James Hammond und seinen Sohn Tom in unserer Barkasse mitgenommen und am Kai von Cove abgesetzt. Hammond hatte uns seine Kutsche angeboten, doch sein Haus lag am anderen Ende der Stadt, also hatten wir ihm gedankt und lieber eine Droschke genommen. Während der Fahrt hatten wir kaum ein Wort gewechselt. Scoresby schien in Gedanken versunken, also hatte ich nochmals meine Notizen durchgesehen.

Ich wollte das Protokoll sobald wie möglich in Reinschrift übertragen, doch die friedliche Szenerie in diesem herrlich wilden Garten – denn Gertrud scherte sich nicht groß um die in England so beliebte Wissenschaft der Blumenbeete und Ziersträucher – machte mich träge und begann allmählich die quälenden Eindrücke des Vormittags in eine schattige Ecke zu verdrängen. Als ich die lebhaften Kinder beobachtete, kam mir jedoch ein erschreckender Gedanke. Tom Hammond hatte erzählt, dass Timothy Connells Frau ein Kind erwartete. Ich wusste, dass Betsy Stewart ebenfalls hochschwanger war, und überlegte, dass wohl jeder an Bord der *Mary Russell* – ausgenommen vielleicht John Howes – eine Familie in Cove, West Passage oder Cork hatte, die auf ihn wartete. In den meisten Fällen würden die Angehörigen vergeblich warten, und niemand hatte sich bislang dazu geäußert oder gar bereit erklärt, all diese Menschen über die Tragödie zu informieren. Die offenkundig sinnlosen Bluttaten würden klaffende Wunden in die Gemeinde reißen. Der wahnsinnige Kapitän hatte nicht nur sieben Männer ermordet, er hatte Frauen zu Witwen, Kinder zu Waisen gemacht, und die jungen, fast mittellosen Familien der Seeleute und Stallknechte konnten nicht ahnen, welch ein Ausmaß an Leid und Not die nahe Zukunft für sie bereithielt.

Stewart besaß ein hübsches Haus am südlichen Stadtrand mit Blick auf Spike Island und Cork Harbour. Seine Frau hatte theoretisch die Möglichkeit gehabt, zu beobachten, wie das Schiff ihres Mannes an der Seite des amerikanischen Schoners in die Bucht von Cove einlief. Wusste sie bereits, was vorgefallen war? War William Stewart womöglich bereits bei ihr, hielt sich versteckt oder wartete bang auf den Besuch des Sheriffs?

»Du kennst doch Betsy Stewart, die Frau von Kapitän William Stewart?«, fragte ich Gertrud, die eigentlich alle und jeden kannte und einer natürlichen Vorliebe für Klatsch und Tratsch frönte. Sie hatte ein besonderes Talent dafür, Beziehungen zu knüpfen und Ehen zu stiften. Ich beneidete sie um ihre gründliche Menschenkenntnis, die man bei jemanden mit ihrer oft übertrieben blumigen Ausdrucksweise nicht vermutet hätte.

»Mrs. Stewart? Ist sie nicht mit den Hammonds befreundet? Mr. Hammond, der Reeder, dem *The Cottage* gehört, war Trauzeuge bei ihrer Hochzeit, glaube ich. Hier in Cove sind ja alle irgendwie verwandt, verschwägert oder Cousin und Cousine fünften Grades, nicht wahr? Das ist vielleicht zehn Jahre her. Sie dürfte inzwischen Mitte Dreißig sein, aber wesentlich jünger als ihr Mann. Die Familie hat ein zauberhaftes Häuschen an der

Küste. Ich war ein-, zweimal zum Tee eingeladen, und die Kinder, die Kleinen sind allerliebst.«

»Hast du ihren Mann getroffen? Ist sie ... naja ... glücklich verheiratet?« Ich konnte sie schwerlich fragen, ob es Anzeichen dafür gab, dass er sie je misshandelt hatte. Falls er früher schon zu unvermittelten Gewaltausbrüchen neigte und dies seine Ehe belastete, hätten die grotesken Morde auf den *Mary Russell* zumindest eine Vorgeschichte gehabt, die bei der Aufklärung geholfen hätte. Doch Gertrud lachte nur über meine umständliche Andeutung.

»Mrs. Stewart ist, unter uns gesagt, vielleicht ein kleines bisschen hochnäsig. Sie ist stolz auf ihren Mann, und er sorgt gut für sie. Wie wir alle ist sie allein deshalb unglücklich, weil sie oft wochenlang, monatelang auf die Gesellschaft und zärtliche Zuwendung ihres Gatten verzichten muss. Warum fragst du? Hat das irgendetwas mit dem Schiff zu tun, das ihr heute inspiziert habt?«

»William Stewart war der Kapitän dieses Schiffes.«

Gertrud sah mich großäugig an. »Du meinst, der Mord ... Mr. Stewart wurde ermordet?«

Ich fand es bemerkenswert, dass sie spontan davon ausging, dass Stewart das Opfer war, nicht der Täter. Dabei kannte sie ihn womöglich sogar besser als ich, der ihn nur hin und wieder bei gesellschaftlichen Anlässen getroffen hatte. Ich brachte es nicht über mich, ihr zu sagen, dass dieser brave Bürger und tadellose Familienvater am letzten Sonntag sieben hilflosen Menschen den Schädel eingeschlagen hatte.

»Nein, das nicht«, antwortete ich ausweichend. »Es ist kompliziert. Es hat Tote gegeben, vielleicht eine Meuterei, und Kapitän Stewart ist verschwunden. Die gerichtliche Untersuchung hat eben erst begonnen, und ich darf dem Ergebnis nicht vorgreifen.«

Andererseits war ich mir ziemlich sicher, dass sich die Neuigkeiten schon bald in ganz Cove verbreitet haben würden, und spätestens in der Samstagsausgabe des *Constitution* würde man die grausigen Details der Morde nachlesen können. Die Angehörigen der Opfer würden erfahren, dass man Kapitän Stewart für den alleinigen Täter hielt, und da er immer noch spurlos verschwunden war, würden sie zweifellos versuchen, ihren Schmerz und ihre Wut an Betsy auszulassen.

Elizabeth hatte sich nicht an dem Gespräch beteiligt, sondern sah gebannt und mit einem gerührten Lächeln zu, wie ihr Mann sich selbstvergessen mit Gertruds Kindern unterhielt, als gäbe es nichts Wichtigeres auf der Welt als zahme Eisbären. Sie hatte jedoch offenbar mitbekommen, dass wir über Kapitän Stewart und seine Frau sprachen.

»Das Haus der Stewarts ist gar nicht so weit von hier«, sagte sie. »Ein Spaziergang von vielleicht zwanzig Minuten. Wäre es nicht angebracht, sie zu besuchen und darüber zu informieren, dass ihr Mann in diese schlimme Sache verwickelt ist? Sie rechnet doch gewiss mit seiner baldigen Heimkehr und macht sich Sorgen.«

»Da ist sie sicher nicht die Einzige«, murmelte ich, an all die Frauen und Kinder denkend, die wohl noch nicht ahnten, dass jemand ihre Welt zerstört hatte. »Aber im Grunde hast du recht. Ich werde Mrs. Stewart einen kurzen Besuch abstatten, auch wenn das eigentlich die Aufgabe des Reeders, Mr. Hammond, ist oder gewesen wäre. Für eine Rückkehr nach Corkbeg wäre es dann allerdings zu spät, und wir müssten hier übernachten.«

»Darüber macht euch mal keine Gedanken.« Gertrud zwinkerte mir gutgelaunt zu. »Ich habe in weiser Voraussicht die Gästezimmer herrichten lassen.«

Ich erwiderte ihr Lächeln etwas halbherzig und fragte mich im Stillen, ob dieser Tag voller unseliger Offenbarungen jemals enden würde, wenn wir jetzt noch das Haus eines Wahnsinnigen besuchten.

XVII

Drei Tassen Tee und ein halbes Dutzend ofenfrischer Scones später machte ich mich in Begleitung von William Scoresby auf den Weg zum Haus des Kapitäns. Es war bereits später Nachmittag, und die Straßen in diesem, von Kaufleuten und höheren Beamten bevorzugten Stadtteil mit mehrstöckigen Villen und sauber gefegten Bürgersteigen waren menschenleer. Ich rechnete nicht wirklich damit, Stewart in seinem Haus anzutreffen, denn es wäre für ihn so gut wie unmöglich gewesen, unerkannt in die Stadt zu gelangen. Andererseits konnten wir die Möglichkeit auch nicht völlig ausschließen. Deshalb hatte ich Elizabeth davon abgeraten, uns zu begleiten. Weder ich noch ihr Mann waren bereit, sie einem Risiko auszusetzen, obwohl sie oder Gertrud vielleicht besser geeignet gewesen wären, Betsy Stewart die verstörende Nachricht schonend beizubringen, sie zu trösten und ihr freundschaftliche Hilfe anzubieten.

Ich hatte freilich andere Absichten, die ich Scoresby freimütig mitteilte, auch wenn ich sie Elizabeth und Gertrud gegenüber verschwiegen hatte. »Mrs. Stewart ist wohl die Person, die am besten wissen müsste, ob der Kapitän gesundheitliche Probleme hatte oder je ungewöhnliche Verhaltensweisen an den Tag legte.«

»Sie meinen, dass sie uns die Frage beantworten kann, ob er verrückt ist?«

»Sie drücken es etwas unverhohlen aus. Aber ja, da seine Taten momentan nicht rational zu erklären sind, liegt es nahe, von Wahnsinn zu sprechen. Haben Sie je von Monomanie gehört? Es handelt sich dabei angeblich um eine besondere Form von Wahnsinn. Die betroffene Person wirkt geistig vollkommen gesund, verhält sich völlig unauffällig, kann sich aber in einer bestimmten Situation plötzlich ganz und gar irrational verhalten.«

»Ich verstehe ... In unserem Fall handelte es sich vielleicht eher um eine panische Angst davor, die Kontrolle über das Schiff zu verlieren. Der Kapitän hat sich offenbar während der Überfahrt in die Wahnvorstellung hineingesteigert, von Meuterern umgeben zu sein. Nach allem, was ich gehört und gesehen habe, glaube ich allerdings immer noch, dass mehr dahintersteckt. Es gibt da gewisse Aspekte, die nicht ganz ins Bild passen. Mir scheint, dass seine Angst vor Meuterei nicht so unbegründet war, wie es auf den ersten Blick den Anschein haben mag. Howes und Smith sind sicher keine Unschuldslämmer. Andererseits gibt es auch gewisse Anspielungen, die mich beunruhigen. Nehmen wir zum Beispiel den mehrfach erwähnten Traum des Kapitäns. Ich wüsste zu gern, was es damit auf sich hat.«

»Sie vermuten, dass Stewarts Träume die Ursache für sein merkwürdiges Verhalten waren? Sind Träume nicht eher Symptome eines zerrütteten Geisteszustands als dessen Ursache?«

Scoresby dachte über meinen Einwand nach, bevor er antwortete. »Sie haben vermutlich recht. Ich will dem nicht allzu viel Bedeutung beimessen, solange ich nicht mehr über die entsprechenden Einzelheiten erfahren habe. Dennoch scheint mir der Kapitän nicht aus heiterem Himmel heraus seinen Verstand verloren zu haben. Er ist doch mutmaßlich kein schlechter Mensch, kein triebhafter Gewalttäter und gewiss niemand, dem man eine solche Untat zutrauen würde. Er muss unter enormem Druck gestanden haben, um in eine Situation zu kommen, in der es für ihn geradezu *unumgänglich* war, die Männer zu töten. Ich frage mich, wer oder was einen so immensen Druck erzeugt oder ausgeübt haben kann?«

»Wer oder was?« Ich begriff plötzlich, worauf Scoresby hinauswollte. »Sie halten es für möglich, dass jemand Kapitän Stewart *absichtlich* unter Druck gesetzt, sogar in den Wahnsinn getrieben hat?«

»Absichtlich oder unabsichtlich. Ich weiß nicht, ob so etwas überhaupt möglich ist. Aber vielleicht haben Sie von diesem unheimlichen Fall gehört, der dem unsrigen nicht unähnlich ist: Ein Farmer aus der Umgebung von Philadelphia, ein frommer, gütiger Mann, nahm eines Tages die Axt zur Hand und erschlug Frau und Kinder, die er über alles liebte. Nur seine Schwester entkam dem Gemetzel und erzählte später, ihr Bruder habe Stimmen gehört, die ihn angestiftet hätten. Er gestand ihr unter Tränen, dass die Stimme des Allmächtigen ihm befohlen habe, seine Liebsten zu töten.«

Mir fiel ein, dass einer der beiden Seeleute, Howes oder Smith, erzählt hatte, wie fromm Stewart gewesen sei. Auch laut Tom Hammond hatte der Kapitän inbrünstig gebetet oder aus dem Gebetsbuch vorgelesen. Und hatte nicht irgendjemand die Geschichte von Abraham und Isaak erwähnt? Offenbar hatte Stewart auf jene Episode aus dem Alten Testament angespielt, in welcher Abraham als Beweis seines unerschütterlichen Glaubens seinen einzigen Sohn erschlagen soll.

»Der Kapitän hat also die Stimme Gottes vernommen ... Mir scheint seine Frömmigkeit lässt sich nur schwer von Irrsinn unterscheiden.« Meine spontane Antwort klang zweifellos reichlich zynisch in den Ohren des Geistlichen. Scoresby blieb stehen und sah mich mit seinen seltsamen Leuchtfeueraugen an.

»Er hat eine Stimme gehört, die er für *die* Stimme Gottes hielt. So war es zumindest bei dem Farmer aus Philadelphia. Ein Journalist hat ein Buch über den Fall geschrieben und behauptet, ein Gast im Haus des Farmers habe die Jahrmarktskunst des Bauchredens beherrscht. Der Besucher habe dem Farmer vorgegaukelt, eine Stimme unbekannten Ursprungs zu hören, und er war so geschickt darin, unerklärliche Laute aus dem Nichts zu erzeugen, dass der Farmer schließlich den Verstand verlor.«

»Das ist nun wieder so eine Geschichte, wie sie die amerikanischen Zeitungen lieben. Es erinnert mich irgendwie an den Londoner Buchhändler oder Antiquitätenhändler, der in den Schweizer Alpen von einer Lawine verschüttet und zweihundert

Jahre später wiedergefunden und aufgetaut worden sein soll und angeblich heute noch unter uns weilt.«

Scoresby winkte abfällig und schlenderte weiter, vorbei an mehrstöckigen Wohnhäusern mit hohen Fenstern und zugezogenen Vorhängen. »Mag sein, dass die Erklärung des amerikanischen Journalisten frei erfunden ist, dass es keinen Bauchredner gegeben hat und die Stimme nur ein Hirngespinst gewesen ist. Doch muss es in beiden Fällen, sowohl im Fall des Farmers wie auch in dem des Kapitäns, eine rationale Erklärung geben.«

»Womöglich ist das nicht der entscheidende Punkt«, rief ich aufbrausend. »Die Frage ist doch, welche Erklärung wir als rational akzeptieren. Und Sie sind als Theologe vielleicht ein klein wenig voreingenommen.«

Scoresby lachte über meine gezielt boshafte Bemerkung. »Da haben Sie schon recht. Ich war selbst einmal in einer Situation, in der ich abwägen musste, ob es Gott der Allmächtige ist, der mir ein Zeichen sendet, oder ob meine Sinne mir einen Streich spielen. Eine solche Situation kann für einen tiefgläubigen Menschen zu einem langen, oft fruchtlosen Ringen mit dem eigenen Gewissen führen. Mich hat damals eine schlichte Erkenntnis vor dem Wahnsinn gerettet.«

Ich spitzte die Ohren. Endlich kam er auf Dinge zu sprechen, die mich wirklich an ihm interessierten und nichts mit seinen überstrapazierten Anekdoten zu tun hatten.

»Ja«, fuhr er fort, »ich bin nun einmal ebenso sehr Naturphilosoph wie Theologe und sehe darin auch keinen Widerspruch. So fragte ich mich also, was einen wahrhaft frommen Menschen auszeichnet.«

»Sein unerschütterlicher Glauben?« Tief in mir erschallte höhnisches Gelächter.

»Sein Zweifel!«, sagte Scoresby, und seine Miene zeigte mir unmissverständlich, dass er das wirklich ernst meinte. »Denn sein Zweifel ist es, der ihn menschlich macht.«

XVIII

Ich hätte Scoresby gern ausführlicher zu seinem Glauben und seinen Zweifeln befragt, und ich hatte durchaus das Gefühl, dass er mich als kritischen Zuhörer schätzte und mir etwas anvertrauen wollte, das ihm wichtig war. Wir unterbrachen jedoch unser Gespräch, als wir das Haus des Kapitäns erreicht hatten: ein unauffälliges Gebäude, das sich friedlich in die Reihe schmucker, vierstöckiger Stadtvillen einfügte. Es war eines dieser Häuser, in denen man alt werden und seine Kinder heranwachsen sehen möchte, um irgendwann mit einem letzten Blick auf die Bucht die Welt seinen tatkräftigeren Erben zu hinterlassen.

Drei, vier schmale Stufen führten uns zur Eingangstür, wo Scoresby den Türklopfer in Form eines Löwenkopfes betätigte. Es dauerte einige Minuten, ehe die Tür einen Spalt weit geöffnet wurde. Ein junges Dienstmädchen mit weißer Schürze lugte zu uns heraus. »Was wünschen die Herren, bitteschön?«

Ich reichte ihr meine Karte durch den Türspalt. »Reverend Scoresby und Colonel Fitzgerald. Wir würden gern Mrs. Stewart sprechen, falls sie zu Hause ist.«

Die Tür wurde geschlossen, öffnete sich jedoch kurz darauf, und wir wurden gebeten einzutreten. Das Mädchen führte uns durch das dämmrige Vestibül in den Salon, einem großen Zimmer mit alten Stichen von Segelschiffen an den Wänden und Sitzmöbeln mit bestickten Überzügen, in einem antiquierten Stil, der womöglich noch auf die konservativen Vorlieben einer älteren Generation zurückging.

Mrs. Stewart saß mit regloser Miene in einem Lehnstuhl. »Bitte setzen sie sich«, sagte sie leise. Ich ahnte, warum Gertrud sie als ein wenig hochnäsig bezeichnet hatte. Trotz ihrer fortgeschrittenen Schwangerschaft und ihres Umstandskleides wirkte sie ungewöhnlich streng, fast gebieterisch, und die Knöchel ihrer schmalen, weißen Hände traten hervor, als ob sie etwas Unsichtbares umklammerten. Sie hatte nichts Sanftes an sich, sondern strahlte eine innere Anspannung aus, die nur eine Erklärung zuließ.

»Sie haben von Ihrem Mann gehört, Mrs. Stewart?«, fragte ich voreilig.

Sie schüttelte ruckartig den Kopf. »Mr. Hammond hat mir eine Nachricht geschickt, und vor einiger Zeit war ein Sheriff hier. Sie suchen nach Will. Er ist verschwunden. Ich weiß nicht, wo er ist. Er war nicht hier und hat nicht von sich hören lassen. Wie soll ich das alles meinen Kindern erklären? Sie fragen schon nach ihm.« Ihr Stimme kippte, doch sie fasste sich kurz darauf. »So sagen Sie mir doch, was ich tun soll?«

»Man hat Sie aber darüber aufgeklärt, was an Bord der *Mary Russell* geschehen ist?«

»Ich weiß nur, dass Männer zu Tode gekommen sind und dass man meinen Mann dazu befragen muss. Wenn er etwas Unrechtes getan hat, wird er sich stellen. Er ist schließlich ein Ehrenmann. Hat man ihm Unrecht getan, wird er sich wehren. Zweifellos.«

»Zweifellos«, wiederholte Scoresby beschwichtigend. »Sie haben hier ein wunderschönes Haus.«

Mrs. Stewart verweigerte ein Lächeln. »Wills Vater hat es uns vermacht. Er fuhr ebenfalls zur See. Ein Großteil der Einrichtung stammt von ihm.«

»Es ist gewiss nicht leicht für Sie, Mrs. Stewart. Allein in diesem großen Haus, während Ihr Mann wochenlang unterwegs ist.«

»Wir wollten das ändern. Er hat mir versprochen, nur noch kürzere Fahrten zu übernehmen, sobald das Kind auf der Welt ist, unser fünftes. Er wollte keine Atlantikfahrten mehr machen. Vor allem wollte er nicht nach Barbados. Er verträgt die Hitze dort nicht, und er hat Angst vor dem Fieber.«

»Und er ist schließlich doch gefahren ...«

»Mr. Hammond zuliebe. Wir haben Mr. Hammond so viel zu verdanken, und Mr. Hammond hat ihn förmlich gedrängt, die *Mary Russell* nach Barbados zu bringen. Jemand hatte ihm erzählt, dass die heiße Luft dort ein bewährtes Heilmittel gegen Schwindsucht sei. So hatte er sich in den Kopf gesetzt, seinen schwerkranken Sohn als Passagier mitreisen zu lassen, doch er wollte Tom nicht der Obhut eines beliebigen Seefahrers überlassen. Will war der Einzige, dem er genug vertraute, um ihm seinen einzigen Sohn anzuvertrauen.«

Mrs. Stewart verzog plötzlich das Gesicht, als ob sie Schmerzen hätte. Sie versuchte schwerfällig aufzustehen, und Scoresby sprang auf, um ihr zu helfen. Sie klammerte sich an ihn. Er stützte sie und umarmte sie kurz, als ob er sie trösten wollte. Sie schien sich einen Augenblick zu entspannen, wandte sich dann aber abrupt von ihm ab. »Entschuldigen Sie mich bitte einen Moment«, sagte sie und verschwand durch die Tür.

Ich war ebenfalls aufgestanden und nutzte die vorübergehende Abwesenheit der Hausherrin, um mir das Zimmer näher anzusehen. Ich hoffte, irgendetwas zu entdecken, das meiner verschwommenen Vorstellung von Kapitän Stewart hätte Klarheit verschaffen können, doch schien alles, was ich sah, auf eine ältere Epoche hinzudeuten. Die Stiche an den Wänden zeigten Schiffe der Royal Navy, die *HMS Sandwich*, *Hound*, *Hermione* und *Marie Antoinette*, deren Namen wohl in den Annalen des Kriegs gegen Napoleon Erwähnung fanden und die mich dunkel an etwas erinnerten, das der Schiffsjunge Henry Rickards gesagt hatte. Ein hölzerner Globus, der in der Ecke stand, bildete gewiss nicht die neuesten Erkenntnisse der Geographie ab. Die zwei, drei zerlesenen Bücher, die ich mir genauer ansehen konnte, ehe Mrs. Stewart zurückkehrte, enthielten protestantische Predigten und Gebete. Mir fiel auf, dass nichts auf die Anwesenheit von Stewarts Kindern hindeutete – kein Laut, kein vergessenes Spielzeug, kein Bilderbuch.

»Entschuldigen Sie«, sagte die Frau des Kapitäns, die unvermittelt durch die Tür trat. »Ich bin etwas indisponiert und möchte Sie nun bitten zu gehen. Ich bin nicht in der Verfassung, Fragen zu beantworten, die eigentlich nur vor Gericht geklärt werden können und geklärt werden sollten. Dafür haben Sie doch Verständnis?«

»Selbstverständlich«, erwiderte Scoresby. »Aber denken Sie bitte nicht, dass wir Sie lediglich besuchen, um Sie mit Fragen zu belästigen. Wir wollten uns vergewissern, dass Sie in Sicherheit sind, und Sie davor warnen, ohne Begleitung in die Öffentlichkeit zu gehen. Sobald dieser Fall bekannt wird, sobald die Zeitungen davon berichten, könnte es zu unerfreulichen Szenen oder sogar persönlichen Anfeindungen kommen. Ihr Mann wird vermutlich des Mordes angeklagt, und ich fürchte, dass diese Geschichte noch weit über Cove und Cork hinaus Wellen schlagen wird.«

Mrs. Stewart wankte auf ihren Lehnstuhl zu. Die Hilfe, die ich ihr anbot, wies sie mit einer schroffen Handbewegung zurück. Ihr Stimme klang verbittert.

»Warum erzählen Sie mir das? Können Sie mir helfen? Können Sie meinem Mann helfen? *Wollen* Sie ihm helfen? Ich weiß nicht, was ich tun soll. Will ist kein Mörder. Er ist ein gottesfürchtiger Mann, der die zehn Gebote ehrt und achtet. Ich glaube einfach nicht, dass er zu einer bösen Tat fähig ist. Es ist alles nur ein schreckliches Missverständnis.«

Wir widersprachen ihr nicht, obwohl wir nur allzu gut wussten, dass es kein Missverständnis war. Die Ereignisse an Bord der *Mary Russell* würden nicht nur zu einer Gerichtsverhandlung und zu einem Urteil führen, sie hatten bereits einen unsichtbaren Mechanismus in Gang gesetzt, der das Leben dieser Frau früher oder später auf den Kopf stellen würde. In gewisser Weise war sie bereits verurteilt, obwohl sie sich in keinster Weise schuldig gemacht hatte. Doch wie hätte man ihr das erklären können?

»Ich möchte Ihnen keine Versprechungen machen, die ich später nicht halten kann«, sagte Scoresby. »Aber sollte Mr. Stewart sich tatsächlich vor Gericht verantworten müssen und sollte die Situation hier in Cove für Sie unerträglich werden, könnte ich Ihnen kurzfristig und vorübergehend eine Wohnung in Liverpool vermitteln, wo Sie und Ihre Kinder unerkannt leben könnten.«

»Haben Sie vielen Dank. Meine Familie besitzt einen Hof in der Nähe von Carrigaloe, wenn ... Aber ich will gar nicht erst darüber nachdenken.«

Scoresby nickte und verbeugte sich, um sich zu verabschieden, doch mir lag noch eine Frage auf der Zunge, die ich nicht zurückhalten konnte: »Entschuldigen Sie meine Neugier, Mrs. Stewart, aber mich interessieren die Stiche in Ihrem Salon. Sammelt Ihr Mann Bilder namhafter Kriegsschiffe?«

Sie warf mir einen verständnislosen Blick zu. »Ich weiß nicht. Diese Bilder gehörten meinem Schwiegervater. Er diente in der Navy, genau wie Will.«

Ich dankte ihr, verabschiedete mich und folgte Scoresby, der bereits auf dem Weg nach draußen war.

»Haben die Schiffsbilder Ihrer Ansicht nach irgendeine tiefere Bedeutung?«, fragte er, als wir auf den Bürgersteig traten.

»Vermutlich nicht, aber einer der Schiffsnamen könnte durchaus im Zusammenhang mit unserem Fall stehen. Die *Hermione* war vor etlichen Jahren Schauplatz einer blutigen Meuterei, bei der acht oder neun Offiziere ums Leben kamen.«

XIX

Ich hatte mich plötzlich an die Worte des Schiffsjungen erinnert: seine Furcht, gehängt zu werden, »wie die Männer der *Hermione*«. Deren Crew wurde von Kapitän Pigot und Offizieren bis aufs Blut gequält und schikaniert, und die Matrosen rächten sich, indem sie ihre Befehlshaber mit Messern und Macheten in Stücke hackten und das Schiff an die Spanier verscherbelten. Dass der nur rund zwölf Jahre alte Rickards die *Hermione* erwähnt hatte, ging offensichtlich auf eine Drohung Kapitän Stewarts zurück, der wiederum ein Bild des fraglichen Schiffes in seinem Salon in Cove hängen hatte.

»Interessant«, meinte Scoresby, als wir uns auf den Rückweg machten, »aber was ist hier des Pudels Kern? Ich vermute, dass jeder, der in der Navy gedient hat, die Geschichte der *Hermione* kennt. Außerdem hat jeder Seefahrer, den ich je kennengelernt habe, Bilder und Stiche mehr oder minder berühmter Schiffe an den Wänden seiner Wohnung.«

Ich versuchte, ihm meine Interpretation der Ereignisse klarzumachen: »Es gibt wohl zwei Ansätze, die Vorgänge auf der *Mary Russell* zu erklären. Erstens, der Kapitän war vollkommen von Sinnen, seine Verdächtigungen gegen die Crew waren aus der Luft gegriffen und sein tödlicher Angriff auf die Männer war keine Entscheidung, sondern die Reaktion eines Wahnsinnigen auf eine Situation, die er nicht mehr unter Kontrolle hatte. Zweitens, der Kapitän befürchtete, zu Recht oder zu Unrecht, dass jemand aus der Mannschaft, das Schiff übernehmen wollte. Er hatte die Verantwortung für eine Fracht im Wert von mehreren Tausend Pfund und – was vielleicht noch schwerwiegender war – die Verantwortung für den einzigen Sohn seines Arbeitgebers James Hammond, dem er viel zu verdanken hat. Zweifellos kannte er die Geschichte der *Hermione* oder meinetwegen auch jene von Kapitän Bligh und Fletcher Christian auf der *Bounty*, die eigentlich jeder kennt. Vielleicht hatte er sich sogar intensiver mit solchen Fällen beschäftigt und wusste oder glaubte zu wissen, dass diesbezüglich stets ein gewisses Risiko bestand. Wir wissen aus verschiedenen Quellen, dass er bei den Seeleuten beliebt war, weil er nichts von strengen Disziplinarmaßnahmen und körperlichen Züchtigungen hielt, die in der Royal Navy und der Handelsmarine gang und gäbe sind.«

»Ah«, rief Scoresby, »und Sie vermuten, dass er auf Prügelstrafen verzichtete, weil er davon ausging, dass alle – zumindest alle berühmten – Fälle von Meuterei ihren Ursprung in harten, überzogenen, als ungerecht empfundenen Bestrafungen oder Demütigungen der Crew hatten.«

»Genau. Kapitän Stewarts früheres Verhalten legt nahe, dass er sich zumindest Gedanken über das Risiko der Meuterei gemacht hat. Offenbar hat er bewusst versucht, dieses Risiko zu mindern, indem er seine Leute ungewöhnlich nachsichtig behandelte. Womöglich hatte er seit jeher eine latente Angst vor Meuterei, eine Angst, die sich allmählich zur Obsession steigerte.«

»Was Sie sagen, erklärt vielleicht, dass er – bewusst oder unbewusst – eine gewisse Angst davor hegte, die Kontrolle über Schiff und Mannschaft zu verlieren. Es erklärt aber nicht, warum er in diesem speziellen Fall davon ausging, dass jemand aus der Crew – Smith oder Howes oder der Passagier Raynes – gegen ihn intrigierte.«

»Sie haben recht. Aber wenn wir davon ausgehen, dass Kapitän Stewart diese Angst oder Obsession schon immer hegte, dann war alles, was auf der Fahrt der *Mary Russell* geschah, bestens dazu geeignet, Öl ins Feuer zu gießen: Stewart vertrug die Hitze auf Barbados schlecht, er litt unter Schlaflosigkeit, er hatte mit Kapitän Raynes einen Mann an Bord, der ihm seinen Rang hätte streitig machen können, der sich mit Crewmitgliedern anfreundete und Gälisch mit ihnen sprach, eine Sprache, die

Stewart nicht verstand. Hinzu kamen die beharrlichen Bitten der Seeleute, er möge ihnen etwas über Navigation beibringen. All dies muss seine Angst und den Druck, der auf ihm lastete, unermesslich gesteigert haben. Er suchte einen Ausweg, und die einzige Lösung, die ihm einfiel, war, die Männer handlungsunfähig zu machen und das Notsignal zu setzen.«

Wir gingen eine Weile schweigend nebeneinander her, ein jeder in seine Gedanken versunken. Plötzlich stellte ich fest, dass wir falsch abgebogen waren. Anstatt auf direktem Wege zurück zu Gertruds Haus zu gehen, waren wir in Küstennähe nach Westen gegangen und befanden uns am Rande einer verrufenen Gegend, die unter Seeleuten als Holy Ground bekannt war. Wir schlenderten dennoch weiter. Scoresby, der im Hafenviertel von Liverpool lebte und arbeitete, war den Anblick betrunkener Matrosen gewohnt und wunderte sich auch nicht groß darüber, dass in den engen Seitengassen zwischen den Gasthäusern, Pensionen, Bordellen und Tanzlokalen grell geschminkte Damen ihren nicht sonderlich heiligen Geschäften nachgingen.

»Ihre Aufzählung ist durchaus schlüssig«, antwortete Scoresby mit einiger Verspätung. »Zumindest bis zu dem Punkt, an dem Stewart das Brecheisen zur Hand nahm und den wehrlosen Männern die Schädel einschlug. An diesem Punkt stoßen wir an die Grenze des Erklärbaren, und es bleibt uns nichts anderes übrig, als auf unsere erste Vermutung zurückzukommen: Der Kapitän war vollkommen wahnsinnig. Vor Gericht würde man ihn wohl für unzurechnungsfähig erklären. Wie könnte er oder ich, wie könnten Sie eine solche Tat rechtfertigen?«

»Vor Gericht wäre tatsächlich nur die Tat an sich relevant. Der Verteidiger könnte freilich versuchen nachzuweisen, dass die Meuterei kein Hirngespinst war, und behaupten, sein Mandant hätte nur sein Leben und das seines Schützlings verteidigt.«

»Doch auch in diesem Fall hätte keine Notwendigkeit bestanden, die Männer kaltblütig zu töten.«

»Aus seiner Perspektive muss diese Notwendigkeit freilich bestanden haben. Selbst wenn er in diesem Moment geistig verwirrt oder umnachtet war, musste er die Tat vor sich selbst und seinem Schöpfer rechtfertigen. Seine Frau sagte, er sei ein frommer Mensch, der die zehn Gebote achte. Dabei hat er im Grunde gegen zwei Gebote verstoßen – er hat gemordet und er hat dies am heiligen Sabbat getan. Wäre er tatsächlich ein so tadelloser und gottesfürchtiger Ehrenmann, wie alle hier behaupten, müsste er vortreten, sich zu seiner Schuld bekennen und um Vergebung bitten.«

»Vielleicht hat er sich inzwischen selbst gerichtet«, schlug Scoresby vor. »Laut Kapitän Callendar hat er es bereits mehrfach versucht, indem er ins Meer sprang.«

»Allerdings war er ein hervorragender Schwimmer. Die Frömmigkeit ist doch hier, wie in vielen Fällen, nur eine Fassade. Stewart hat sieben Männer erschlagen, und ich sehe ihn schon vor mir, wie er freudestrahlend der Welt verkündet, es sei Gottes Wille gewesen.« Meine Stimme klang wohl etwas aggressiver als beabsichtigt. Dennoch fuhr ich fort: »Und ich fürchte, mein lieber Scoresby, Sie würden die Hinterbliebenen mit denselben Worten trösten. Die Wege des Herrn sind unerforschlich, und die Hand des Mörders war nur das gnadenvolle Werkzeug himmlischer Mächte, um die sieben Männer vor einem vielleicht noch schrecklicherem Los zu bewahren, nicht wahr?«

Es war ein ärgerlicher Umstand, dass man vor Gericht die Taten von nicht zurechnungsfähigen Personen stets als Gottesurteile bezeichnete, während man kaltblütig geplante, in böser Absicht verübte Verbrechen gern dem Teufel zuschrieb. Ich hielt diese sonderbare Vermischung von Aberglauben und Rechtsprechung für mittelalterlich, rechnete jedoch damit, dass Scoresby als Theologe eine ähnlich konservative Auffassung vertrat.

Mein Schwager antwortete im ruhigen Ton eines Geistlichen, der einem Sonntagsschüler das Vaterunser beibringt. »Alles was Sie vorher gesagt haben, weist darauf hin, dass die Morde lediglich den tragischen Schlusspunkt einer unglücklichen Verkettung der Umstände darstellten. Würden wir die Uhren zurückdrehen und ein einziges Glied aus dieser Kette entfernen – und sei es nur das Bild der *Hermione* in William Stewarts Gesellschaftszimmer – wären die sieben Männer heute noch am Leben. Das Zusammenspiel all dieser unauffälligen und nur rückblickend bedeutsamen Aspekte ist für *Sie* reiner Zufall. *Ich* aber glaube nicht an Zufälle. Ich würde mir freilich niemals anmaßen zu behaupten, den Sinn hinter diesen Ereignissen zu kennen, aber ich glaube, dass es einen Sinn geben muss, ansonsten müssten wir am blinden Chaos verzweifeln.«

XX

Ich überlegte gerade, was mich mehr beunruhigte, das blinde Chaos oder eine göttliche Vorsehung, deren Ziele und Absichten auch mein weltgewandter und bibelfester Schwager mir nicht näher erläutern konnte, da lief uns ein alter Bekannter über den Weg: Joseph Barnes, der Zollbeamte, der tagsüber auf der *Mary Russell* Dienst getan hatte. Er erkannte uns sofort und lüpfte höflich seine Mütze.

»Reverend, Sir. Einen schönen Abend wünsch ich Ihnen.« Bei diesen Worten zwinkerte er verschmitzt, befanden wir uns doch mitten im berüchtigten Vergnügungsviertel von Cove, wo die leichtlebigen Matrosen ihre Freiwache nutzen, um ihre spärliche Heuer an Schankwirte, Huren, Glücksspieler und andere Landhaie zu verteilen.

»Mr. Barnes, was für ein glücklicher Zufall«, rief Scoresby. »Wir haben uns gerade über Kapitän Stewart unterhalten. Gibt es Neuigkeiten über die gerichtliche Untersuchung?«

»Naja, was soll ich groß sagen? Ein Arzt, Mr. Thomas Sharpe, hat die Todesursachen der Männer festgestellt. Dabei hätt ich Ihnen auch ohne Arzt auf den ersten Blick sagen können, dass Axtschläge auf den Schädel der Gesundheit nicht zuträglich sind. Nach Dr. Sharpe hat die Jury die Kajüte besichtigt, dann hat man die Leichen in Särge gepackt, damit sie bald an die Familien übergeben und bestattet werden können. Ich glaube, inzwischen wurden sie abgeholt und einige davon rüber nach West Passage gebracht. Die Befragung des Coroners, Mr. Hardy, soll morgen in Cork, im Bridewell, fortgesetzt werden, und die *Mary Russell* wird zum Zollhaus in Cork überführt, um die Fracht zu löschen. Wenn Sie sich den Pott nochmals ansehn wolln, müssen Sie also nach Cork kommen.«

»Heißt das, Howes, Smith und die Schiffsjungen kommen ins Gefängnis?« Scoresby zeigte sich bestürzt über diese Vorstellung.

»Ja, vorübergehend, aber das Bridewell ist harmlos. Eher eine Polizeiwache als ein richtiges Gefängnis. Dort sitzen Schuldner und Vagabunden ihre Strafen ab. Mr. Hammond und sein Sohn Tom sollen auch nochmals angehört werden.«

»Und Stewart?«, fragte ich gespannt. »Hat man ihn gefunden?«

Barnes schüttelte mit finsterer Miene den Kopf. »Die Jungs in den Pubs reden von nichts anderem, und die Zeitungsleute schnüffeln überall herum. Jemand, der heute aus Baltimore eingelaufen ist, behauptet felsenfest, Kapitän Stewart dort am Hafen gesehn zu haben. Aber Sie wissen ja, wie das so ist, hier am Holy Ground. Die Männer trinken und reden, reden und trinken, und am Ende bleiben nur höllische Kopfschmerzen.«

»Sie reden also nur Unsinn?«

»Was heißt schon Unsinn, wenn's um siebenfachen Mord und Meuterei geht? Die meisten glauben freilich nicht an Meuterei, sie meinen, der Kapitän wär mit dem Teufel im Bunde. Er hätte dem Teufel sieben Seelen versprochen, um eine alte Schuld zu begleichen. Man munkelt auch, dass Mr. Hammond die Finger im Spiel hat. Dass er alles tun würd, um seinen Sohn gesund zu machen. Hexenkunst und Schwarze Messen – so etwas wär ihm wohl zuzutraun, wenn man auf die eifrigsten Trinker hört. Die, die am meisten trinken und das große Wort führen, wissen freilich am wenigsten ... Dann war da noch einer, der jemanden aus Skibbereen kennt, der wiederum erzählte, dass Stewart aufgegriffen worden sei und dort in einer Zelle schmore. Angeblich hat er eine andere Person des Mordes bezichtigt, dabei ging es aber anscheinend nicht um die Morde auf der *Mary Russell*.«

Diese Information, wenn es denn eine Information war und nicht nur ein aus einem Schnapsglas geborenes Hirngespinst, verwirrte mich, da sie nicht ins Bild passte. Das Fischerboot, das Kapitän Stewart mitgenommen hatte, musste aus einem der kleinen Häfen an der Südküste stammen, einem Hafen wie Baltimore. Stewart und seine Familie waren in dieser Gegend recht bekannt und beliebt, es war also nicht unwahrscheinlich, dass ihn jemand erkannt hatte. Über Skibbereen wusste ich nichts, und was die angebliche Aussage des Kapitäns betraf, musste es sich um ein bloßes Gerücht handeln.

»Hat der Kapitän Verwandte in Baltimore oder Skibbereen?«, fragte Scoresby.

Barnes zuckte die Achseln und kratzte sich nachdenklich am Kinn. »Möglich wär's«, murmelte er. »Ein Onkel des Kapitäns, ein Geistlicher, hat wohl ein Stück Land in der Nähe von Skibbereen. Wär durchaus möglich, dass er dort Unterschlupf gesucht hat.«

Nachdem ich kurz in den verstaubten Ecken meines Gedächtnisses gestöbert hatte, fiel mir ein Name ein. »Dr. Henry Stewart aus Clonakilty? Ich wusste nicht, dass er mit dem Kapitän verwandt ist.«

»Ist Clonakilty weit von hier? Lohnt es sich, Dr. Stewart einen Besuch abzustatten?«

Ich musterte meinen Schwager verwundert. Er war unermüdlich und würde keine Ruhe geben, ehe er nicht Kapitän Stewart Auge in Auge gegenüberstand, um ihn persönlich zu den Morden zu befragen. Seine Neugier konnte ich verstehen, seine Beharrlichkeit schien mir indes noch immer übertrieben – zumal für einen Frischvermählten in den Flitterwochen.

»Heute Abend nach Clonakilty aufzubrechen wäre wenig ratsam«, bemerkte ich ausweichend. »Wir würden blindlings irgendwelchen Spekulationen hinterherlaufen. Und selbst wenn wir den Kapitän bei seinem Onkel antreffen; was könnten wir schon tun? Wir haben kein Recht, ihn festzunehmen.«

»Ich denke, es wäre unsere Pflicht, ihn zum Aufgeben zu überreden. Er könnte uns seine Version der Geschichte erzählen, und ich könnte ihm als Seelsorger beistehen.«

»Sie vergessen, dass sein Onkel Geistlicher ist. Wenn jemand dem Kapitän als Seelsorger beistehen kann, dann wäre das zweifellos Dr. Stewart. Er kennt den Kapitän besser als wir.«

Scoresby wirkte nicht überzeugt. Er, ein Fremder aus Yorkshire, klammerte sich an diesen Fall, als ob es sich um eine persönliche Angelegenheit handelte. Er sträubte sich lange, doch schließlich gelang es mir, ihn davon zu überzeugen, dass eine Kutschfahrt nach Clonakilty oder Skibbereen besser bei Tageslicht unternommen werden sollte. Als ich ein merkwürdiges Glänzen in seinen Augen bemerkte, ahnte ich jedoch, dass er nur aus Höflichkeit nachgegeben hatte.

Wir verabschiedeten uns von Barnes, der uns noch einmal auf die letzte Gelegenheit hinwies, die *Mary Russell* am Zollhaus von Cork zu besichtigen. Mit einem Seitenblick auf Scoresby sagte ich, es sei gewiss interessant, die Brigg noch einmal gründlich in Augenschein zu nehmen, und vielleicht wüssten wir im Laufe des nächsten Tages auch mehr über den Verbleib Kapitän Stewarts.

Da es schon spät geworden war und wir die Geduld der Damen nicht erneut auf die Probe stellen wollten, kamen wir überein, für den Rückweg eine Droschke zu nehmen. Ich hatte das Gefühl, dass Scoresby schmollte, als wir über das unebene Kopfsteinpflaster heimwärts ratterten. Liebend gern hätte er den vermissten Kapitän durch ganz Irland gejagt, ohne an Schlaf auch nur zu denken. So deutete ich zumindest sein vielsagendes Schweigen, das nicht lange anhielt. Er räusperte sich, um sich zu entschuldigen.

»Sie halten mich gewiss für übereifrig, mein lieber Fitzgerald«, sagte er in versöhnlichem Ton. »Vermutlich finde ich nicht die richtigen Worte, um Ihnen zu verdeutlichen, wie nahe mir die ganze Geschichte geht. Ich kann es mir nicht einmal selbst erklären. Je länger ich über diesen Fall nachdenke, desto mehr fühle ich mich persönlich betroffen oder sogar verantwortlich.«

»Verantwortlich?« Er war fasziniert von den unerklärlichen Morden, das war mir längst klar, doch diese Steigerung kam mir irrwitzig vor.

»Es liegt an mir. In gewisser Weise kann ich die Ängste des Kapitäns gut nachvollziehen. Ebenso den immensen Druck, der auf ihm lastete. Sein wachsendes Misstrauen, seine Einsamkeit, seine Hoffnung auf ein Zeichen. Sogar den letzten Schritt, der unwiderruflich in den Wahnsinn führte. Ich stand selbst einmal am Rand dieses Abgrunds.«

Mehr wollte er nicht sagen. Er schien nach Worten zu suchen, wandte sich dann jedoch abrupt ab und starrte aus dem Fenster in die Dunkelheit, die für uns beide keine Antworten bereithielt.

XXI

Früh am nächsten Morgen nahmen wir das Dampfboot nach Cork, um der *Mary Russell*, die am Kai des Zollhauses entladen wurde, einen letzten Besuch abzustatten. Als Scoresby sich von Elizabeth verabschiedete, spürte ich seine Ungeduld. In den Augen meiner Schwester sah ich hingegen deutlich, was sie davon hielt, einen weiteren Tag ihrer Flitterwochen allein zu verbringen. Ihr lag jedoch nichts daran, ihrem Mann Vorhaltungen zu machen, obwohl sie wahrscheinlich darauf brannte, sich an unseren Nachforschungen zu beteiligen. Aus ihrer Sicht war Scoresbys Wunsch, sie von dieser hässlichen Tragödie fernzuhalten, zweifellos unsinnig, aber da er dabei offensichtlich an ihr Wohlergehen dachte, hegte sie keinen Groll. Möglicherweise hatten die beiden sich bereits am Vorabend ausgesprochen, während ich an dem Protokoll gefeilt hatte, das ich frühzeitig dem Coroner vorlegen wollte.

Der Dampfer tuckerte durch den Morgendunst der friedlich daliegenden Bucht zur Mündung des River Lee, und wir standen an der Reling, als die schäbigen Kais von West Passage in Sicht kamen. Ich wusste nicht, wie viele der sieben Särge hier am Abend zuvor von den Familien der Ermordeten empfangen worden waren, konnte mir die Szene aber lebhaft vorstellen. Weinende Frauen in schlichten grauen Wollkleidern. Kinder, die noch nicht begreifen konnten, was geschehen war und warum ihre Väter in diesen groben Holzkisten schliefen, um nie wieder aufzuwachen. Schauermänner mit Backenbärten und zerfurchten Seemannsgesichtern, dunkle Gestalten, die die Särge auf schlichte Pferdewagen wuchteten. Schweigende Zuschauer, die aus ihren ärmlichen Fischerhütten herbeigeeilt waren, um das ungewöhnliche Schauspiel zu beobachten, und sich wie gute Katholiken bekreuzigten, sobald eine Kutsche mit einem Sarg an ihnen vorbeizuckelte und zum Kilmurry-Friedhof aufbrach.

»Es ist schwer zu erklären«, sagte Scoresby unvermittelt. »Dort draußen sind so viele Menschen, die ihr Vertrauen in Gott verloren haben, weil ihnen das Liebste und Wertvollste genommen wurde. Man spricht zu ihnen, betet für sie und mit ihnen, doch wirklich trösten kann man sie nicht. Der Schmerz überlagert alles, und spricht man von der Gnade und der Güte des Herrn, wenden sie sich ab.«

Ich verstand nur zu gut, was er damit meinte. »Ist das so unbegreiflich? Spricht es denn für die Güte des Herrn, wenn Unschuldige ihr Leben verlieren und ihre Peiniger und Mörder ungestraft davonkommen?«

»Das sagt sich so leicht, aber woher wissen wir, wer schuldig ist und wer schuldlos, und ob über jene, die sich dem Urteil der irdischen Richter entziehen, nicht auf andere Art gerichtet wird? Ich habe mich vor langer Zeit entschlossen, den krummen, steinigen Weg zu gehen. Ich will nicht über meine Mitmenschen urteilen, und glauben Sie nicht, dass ich alle Antworten kenne. Im Gegenteil. Ich bin auf der Suche, jede Stunde eines jeden Tages, aber ich suche nicht nur die Wahrheit, sondern den Sinn und die Botschaften, die sich hinter ihr verbergen.«

Welche Botschaft mag das wohl sein?, dachte ich, die sich hinter dem willkürlichen Abschlachten unserer Mitmenschen verbirgt? Ich sprach es nicht laut aus, doch war ich seit Längerem davon überzeugt, und dieser aktuelle Fall schien es zu bestätigen, dass die himmlischen Mächte um unser Glück und Unglück würfeln und im Eifer des Spiels die Stoßgebete überhören, die wir in unserer Not an sie richten.

Mein Schweigen machte Scoresby gesprächig. »Ich war wohl einer der jüngsten Kapitäne der Walfangflotte«, erzählte er übergangslos. »Zwanzig Sommer habe ich in der Arktis verbracht und bin weiter nach Norden vorgestoßen als jeder andere vor mir. Die Fahrten waren erfolgreich, manchmal sogar außergewöhnlich erfolgreich, und der Erfolg verschaffte mir einen gewissen Respekt bei meiner Crew. Dennoch war mir immerzu bewusst, dass ich einen Großteil dieses Respekts meinem Namen verdanke. Mein Vater war nicht nur ein Held unter den Walfängern von Whitby, er war eine Legende: stark wie ein Bär, handwerklich geschickt, hochintelligent, gutmütig und gottesfürchtig. Er konstruierte das Krähennest, das den Ausguck am Masttopp vor den eisigen Winden schützt. Er verfeinerte die Fangmethoden und erhöhte den Gewinn beträchtlich. Aufmüpfige Matrosen zähmte er mit der bloßen Faust, doch er stand jedem bei, der sich in Not befand, und rettete so manchem Seemann das Leben. Ich erinnere mich an einen Kerl, der in den Kessel mit siedend heißem Walfischtran fiel. Mein Vater fischte ihn eigenhändig heraus und steckte ihn, ohne lang zu überlegen, in einen Kessel mit ausgekühltem Tran. Der Schiffsarzt sagte später, dass dies die einzige Möglichkeit gewesen sei, den Mann vor dem sicheren Tod zu bewahren. Und das ist nur eine von unzähligen Geschichten. Können Sie sich vorstellen, wie es ist, im Schatten eines solchen Vaters zu leben?«

Ich nickte. »Das ist der Grund, warum Sie den Walfang aufgaben und Theologie studierten?«

»Vielleicht ... Einer von vielen Gründen. Ich hasste das blutige, schmutzige Geschäft und liebte die Schönheit und gewaltige Lebenskraft der Geschöpfe, die wir jagten. Ich liebte auch die unbarmherzige Landschaft des Nordens, die unerforschten Regionen, das Licht der Mitternachtssonne und die unvorstellbar klare Luft. Der Kapitän ist der einsamste Mann an Bord eines Schiffes, doch ich wusste die Einsamkeit zu nutzen. Ich verbrachte viel Zeit mit sorgfältigen wissenschaftlichen Beobachtungen und Messungen, beschäftigte mich mit Methoden, die Präzision des Kompasses zu verbessern, machte Notizen über Meeresströmungen und Tierpopulationen. Kurzum, ich sammelte Material für ein Buch.«

»Ich kenne Ihr Buch. Eine beeindruckende Abhandlung, mit Sicherheit die beste über die arktischen Ozeane.«

»Danke. Doch eigentlich fehlt ein Kapitel. Ein Kapitel, das nur für mich persönlich von Bedeutung ist: Ich beschäftigte mich unter anderem auch mit der Form und Vielfalt von Eiskristallen. Sie würden es Zufall nennen, doch eines Abends stand ich an der Reling meines Walfängers, so wie wir beide jetzt hier auf dem Deck dieses Schaufelraddampfers stehen, und sah hinaus auf die turmhohen Wälle aus Eis und Schnee, die uns daran hinderten, noch weiter nach Norden zu segeln. Es schneite leicht, und ich bemerkte, dass sich am Ärmel meines Mantels drei Schneeflocken gesammelt hatten. Ich nahm mein Notizbuch und einen Bleistift aus der Tasche und begann, die Flocken zu zeichnen: Komplexe geometrische Formen, jede unterschied sich von der anderen, jede war einzigartig. Lange starrte ich auf meine Zeichnungen. Ich vergaß die schneidende Kälte, das wogende Meer, das Rollen und Stampfen des Schiffes. Was ich gezeichnet hatte, waren nicht nur seltsame geometrische Formen, es waren Schriftzeichen eines unbekannten Alphabets. Lachen Sie nicht, ich weiß, es klingt bizarr und verrückt, und ich habe es bislang niemandem erzählt, nicht einmal meiner Frau. Damals verfiel ich in eine Art Trance. Meine Gedanken rasten. Dies waren keine beliebigen Formen, dies waren Zeichen, die ich entziffern musste, und dort draußen gab es mehr – eine unendliche Vielfalt winziger Hieroglyphen, gewaltige Bibliotheken aus Eis und Schnee, und ich würde der Erste sein, der sie las und ihre Bedeutung erfasste. Ich konnte kaum atmen, denn ich glaubte zu wissen, dass Gott mir eine Botschaft sandte.«

Scoresby lachte trocken. »Sie erwarten wohl jetzt von mir, dass ich Ihnen die Geheimnisse offenbare, die mir in jener Nacht zuteil wurden. Tatsache ist, ich verstand nichts, begriff nichts, und der Moment ging vorüber. Etwas hatte mein Innerstes berührt, zweifellos. Doch ich könnte Ihnen nicht erklären, ob es ein Anfall geistiger Zerrüttung war oder eine echte Vision. Doch der entscheidende Punkt ist: Hätte ich aus diesen vermeintlichen Zeichen die Worte *Töte deine Crew* herausgelesen, wäre ich womöglich zum Mörder geworden.«

Es dauerte seine Zeit, ehe ich Scoresbys Geschichte und die darin enthaltene Aussage gänzlich erfasst hatte. Sie erschien mir tatsächlich bizarr und absurd, doch bekam ich allmählich eine Ahnung davon, was Scoresby an Kapitän Stewarts Fall faszinierte. »Ich habe mich immerzu gefragt, warum sie eine so starke Empathie für Stewart an den Tag legen«, sagte ich schließlich. »Sie betrachten den Fall quasi von innen heraus. Sind Sie denn überzeugt, dass Sie in einer ähnlichen Situation wie Kapitän Stewart gegen Ihr gesundes Gewissen hätten handeln können?«

»Ich hätte gezögert, so wie er zögerte. Dass er den letzten Schritt tat, kann ich ansatzweise verstehen, obwohl mir in seinem Fall das entscheidende Puzzlestück fehlt. Ich weiß, dass er ein Gewissen hat. Was ich nicht weiß, ist, warum er letztlich gegen die Gebote der Vernunft und des Gewissens handelte. Mir ist klar, wie leicht es ist, auf Irrwege zu gelangen, insbesondere, wenn man strenggläubig ist und sich geradezu nach spirituellen Offenbarungen sehnt. Oft ist unser allzu menschlicher Hang zum Zweifeln und Hinterfragen das Einzige, was uns vor dem Untergang rettet. Jemand, der glaubt, ohne zu zweifeln, ist *abergläubisch*.«

»Mit dieser Ansicht haben Sie sich bei den Professoren der theologischen Fakultät sicher nicht sonderlich beliebt gemacht, und Sie sind wohl als Geistlicher nicht weniger einsam wie als Kapitän im Grönländischen Meer?«

Ich hatte nicht vermutet, dass Scoresby meinen Humor teilen würde, doch er lachte tatsächlich über meine etwas respektlose Antwort.

»Wir Zweifler sind wahrscheinlich überall auf der Welt unbeliebt, an Universitäten, in Amtsstuben und Kirchen, am unbeliebtesten wohl unter den *Nullen, die sich im Aufwind blähen* – Potentaten, Despoten, den großen und kleinen Tyrannen, den arroganten Schwätzern, Scheinheiligen, Moralaposteln und Wichtigtuern, selbsternannten Propheten und Heuchlern – eigentlich allen, die sich anmaßen, im Namen höherer Mächte zu urteilen.«

Plötzlich empfand ich das seltene Glücksgefühl, eine verwandte Seele gefunden zu haben. Das Gefühl war freilich nur von kurzer Dauer, doch blieb es für mich ausschlaggebend für mein künftiges, anfangs eher zwiespältiges Verhältnis zu Scoresby. Als ich bemerkte, dass ich ihn mochte, warf ich meine Bedenken über Bord.

XXII

Die *Mary Russell* lag fest vertäut am Custom House Quai, an der Gabelung des River Lee. Schauermänner hievten unter den Augen zahlreicher Schaulustiger die Zuckerfässer aus dem Frachtraum und rollten sie über die Gangway auf das Kai vor der schmucklos grauen Fassade des Zollhauses, wo ein Aufseher ein jedes Fass mit Kreide markierte und in eine Liste eintrug. Man würde die Fracht verkaufen und das Schiff unter einem anderen Kapitän und einer neuen Crew wieder auf See schicken, ganz so, als wäre nichts geschehen. Die Brigg war geduldiger, duldsamer und vergesslicher als die Menschen. Das vergossene Blut war getrocknet, die Schreie längst verhallt; warum also sollte die Welt aufhören sich zu drehen und die Sonne nicht mehr auf ihre kurzlebigen Kinder herabscheinen?

Mir lag nichts daran, die Planken der *Mary Russell* noch einmal zu betreten. Obwohl ihre unglückselige Geschichte sich nicht derart in das schuldlose Holz eingeprägt hatte, dass dies zu einem sichtbaren Makel geführt hätte. Sie unterschied sich nicht groß von den anderen Briggs, Schonern und Schnaus, die ansonsten an den geschäftigen Kais lagen. Trotzdem spürte ich, dass etwas anders war, und dieses Gefühl verleitete mich selbst zu einer Art Aberglauben: der absurden Vorstellung, dass das Unheil dieses Schiffes Pilzsporen glich, die sich an jedem Besucher festsetzen und beharrlich verbreiten würden.

»Was suchen wir eigentlich?«, fragte ich Scoresby, nachdem wir über eine zweite Gangway, die nicht zum Entladen genutzt wurde, an Bord gegangen waren, ohne dass uns einer der Zollbeamten aufgehalten hätte.

»Mich interessiert so einiges«, erwiderte er. »Zum Beispiel, wie Smith aus dem Lazarett fliehen konnte, oder was es mit der dritten Pistole auf sich hat. Ich möchte mir noch einmal die

Kajüte und das Zwischendeck ansehen. Es dauert gewiss nicht lang.«

Er hatte sofort gemerkt, dass ich mich auf diesem Schiff nicht wohlfühlte. Dafür hatte ich gute Gründe und wunderte mich ein wenig, dass Scoresby kein vergleichbares Missbehagen zu empfinden schien. Im Gegenteil: Er wirkte überaus gut gelaunt, als er mir voran die Kajüttreppe hinunterging.

Scoresby schien auch nicht zu bemerken, dass in der Kajüte eine bedrückende Enge herrschte, obwohl man offenbar alle beweglichen Gegenstände – den Tisch des Kapitäns, die Stühle, Kisten und Truhen – daraus entfernt hatte. Sogar die Krampen, die Stewart am Boden befestigt hatte, waren sorgsam herausgezogen worden. Nun erinnerten nur die besudelten Planken an die Gräueltaten.

Verblüfft beobachtete ich, wie Scoresby ein Maßband aus der Jackentasche holte und ohne ein weiteres Wort zu verlieren damit begann, Länge und Breite der Kajüte zu messen. Wenn ich mich richtig erinnere, kam er auf zwölf mal acht oder neun Fuß. Er maß auch die Vorratskammer, in der Smith gelegen hatte. In der Luke, die wir öffneten, sahen wir das Luftloch, das der Schiffszimmermann hineingesägt hatte. Das Lazarett war größer, als ich es mir vorgestellt hatte, sechs mal sechs Fuß, doch man hatte die zuvor darin aufbewahrten Taue und Lederbündel inzwischen herausgeholt. Der Geruch des Todes war verweht, bis auf eine fast unmerkliche Spur, die böse Erinnerungen weckte.

»Smiths Geschichte kam mir am wenigsten plausibel vor«, sagte Scoresby, der in das Lazarett hinunterstieg, sich hinkauerte und ein Streichholz anzündete. »Aber es gibt tatsächlich eine Verbindung zum Frachtraum im Zwischendeck. Sobald er sich von den Fesseln befreien konnte, hätte er sich hier durchwinden können.«

»Warum hätte er in diesem Punkt lügen sollen?«

»Gelogen hat er wohl nicht. Vielleicht hat er einfach ein oder zwei Details unerwähnt gelassen. Details, die ein schlechtes Licht auf ihn hätten werfen können. Gehen wir hinüber ins Zwischendeck.«

Keiner von uns hielt es für eine gute Idee, Smiths Weg zu folgen und über das Lazarett in den Frachtraum zu kriechen, also verließen wir die Kajüte und kehrten zurück an Deck.

Die Schauermänner, drahtige Burschen mit verhärmten Gesichtern, waren immer noch mit dem Löschen der Fracht beschäftigt. Einer von ihnen kam gerade mit ein, zwei Lederballen und einem Paket aus der Ladeluke. Das Paket bestand aus sieben oder acht zusammengeschnürten Büchern.

»Entschuldigen Sie«, sagte Scoresby und versperrte dem Hafenarbeiter den Weg. »Ich muss Ihnen das abnehmen. Ein Beweisstück.«

Der Mann musterte Scoresby mit verwunderter Miene, überließ ihm aber umstandslos die Bücher und verschwand über die Gangway.

»Das müssen die Bücher sein, die Howes als Schild benutzte und von denen die Kugel abprallte, als Kapitän Stewart auf ihn schoss. Schauen Sie hier.« Scoresby drehte das Paket um, sodass ich die Buchrücken sehen konnte. Sie waren beschädigt, aber die Kugel war nicht im Papier steckengeblieben, sondern hatte eine schmale Furche gebildet. Wir öffneten die Schnur, die das Paket zusammenhielt, um uns die Bände genauer anzusehen. Es waren größtenteils Handbücher über Navigation und Seefahrt: Moores *Practical Navigator*, Bowditchs *New American Practical Navigator*, Matthew Flinders' *Voyage to Terra Australis* und ähnliche Werke, die zwar nicht zu den allerneuesten Veröffentlichungen zählten, aber für einen Studenten durchaus wertvoll gewesen wären. Bowditchs Buch war freilich ein Standardwerk, das man wohl in jeder Offizierskabine eines jeden Schiffes finden würde.

»Wem das wohl gehört hat?«, fragte ich. »Den beiden Stallknechten sicher nicht. Swanson? Smith? Kapitän Raynes?«

»Oder einem der Matrosen. Zumindest passt es zu der Angabe, dass Howes und andere Crewmitglieder Stewart gebeten haben, ihnen etwas über Navigation beizubringen.«

»Und das hier?« Zwischen den dicken Folianten hatte sich ein schmales Bändchen verborgen, ein billiger Nachdruck von Byrons Verserzählung The Island. Scoresby nahm das Buch, ein reichlich zerlesenes, eselsohriges Exemplar, blätterte darin und schüttelte den Kopf.

»Das ist wirklich merkwürdig. Andererseits ist es wohl die Art Geschichte, die Seeleute lieben. Fletcher Christian und Kapitän Bligh. Sehen Sie, es enthält sogar Anstreichungen: *Purpurne See weissagt der Sonne Nahn – Eh sie emporsteigt, sei die Tat getan!*«

»Ich weiß, es ist weit hergeholt, aber wäre das nicht die perfekte Bibliothek für jemanden, der das Schiff übernehmen wollte? Und die Bücher waren im Frachtraum, dort, wo Howes sich versteckt hat und wo er später eine Axt und eine Pistole gefunden hat – die rätselhafte dritte Pistole. Für mich sieht es aus, als hätte jemand aus gewissen Gründen Waffen und nützliche Handbücher gehortet.«

Scoresby lächelte nachdenklich über meine Spekulation. Er stapelte die Bücher auf dem Boden, behielt aber den kleinen Gedichtband und steckte ihn in die Tasche.

»Wir werfen noch einen kurzen Blick in den Frachtraum. Ich glaube aber nicht, dass wir noch irgendetwas Wichtiges finden werden.«

Das Zwischendeck der Brigg war nun größtenteils leer. Die Hafenarbeiter bugsierten gerade mithilfe einer Winde die letzten Fässer an Deck und rollten sie dann über die Gangway. Wenn es dort unten tatsächlich irgendwo ein geheimes Waffenlager gegeben hatte, konnten wir keine Spur davon entdecken, und als wir einen der Schauermänner fragten, ob sie etwas Interessantes oder Ungewöhnliches bemerkt hätten, zuckte er bloß die Achseln und meinte, wir sollten uns an den Aufseher wenden. Doch Scoresby zögerte und sah sich in alle Richtungen um, als hätte er einen Knopf verloren.

»Kommen Sie«, drängte ich. »Nehmen wir eine Droschke zum Bridewell. Vielleicht gibt es Neuigkeiten.«

Ich ging voran, ungeduldig und froh, das Schiff verlassen zu können, und Scoresby folgte ein paar Augenblicke später. Der Aufseher reagierte eher ungehalten, als ich ihm Grüße von Barnes ausrichtete. Er schien sich nur für seine Frachtliste zu interessieren, doch als wir die Bücher und ein mögliches Waffenversteck erwähnten, sagte er, man habe bei der Räumung der Brigg mehr Werkzeug gefunden als bei einem Schiff dieser Größe üblich: Zimmermannsäxte, Kappbeile, Stemmeisen, Harpunen, Spieße, Dreizacke, Macheten, aber keine Pistolen oder andere Schusswaffen. In der Kapitänskabine hatte man unter der Koje versteckte Seekarten sowie zwei oder drei Bücher entdeckt; eines mit abgewetztem schwarzen Ledereinband und die üblichen Standardwerke von Bowditch und Moore.

»Ich habe nicht den Eindruck, dass wir wesentlich mehr wissen als zuvor«, sagte ich wenig später, als unsere Droschke über das Kopfsteinpflaster der Innenstadt ratterte.

»Wir haben nichts gefunden, was für Anklage oder Verteidigung des Kapitäns relevant wäre, aber manches, was mich einigermaßen misstrauisch macht. Und liegt nicht gerade im Misstrauen der Ursprung dieser Tragödie?«

Scoresby zog den Gedichtband aus der Tasche und blätterte in den fleckigen, häufig markierten Seiten.

XXIII

Einige Tage später, am Samstag den 5. Juli, kehrten wir zurück nach Cork und nahmen eine Droschke zum großen County-Gefängnis westlich der Stadt am Ufer des River Lee. Als unsere Kutsche vor dem imposanten Portal mit den vier dorischen Säulen hielt, hatte ich das unheimliche Gefühl, auf den falschen Weg geraten zu sein und den Traum eines Fremden – oder dessen Alptraum – zu betreten. *Der Eingang bin ich zu der Stadt der Schmerzen:* Ich war wohl nicht der erste, dem beim Anblick von Gefängnistoren die Zeile von Dante in den Sinn kam. Dabei handelte es sich bei diesem Bau keineswegs um einen mittelalterlichen Kerker, sondern um eine moderne Institution des aufgeklärten 19. Jahrhunderts.

Am vergangenen Freitag hatten wir trotz all unserer Bemühungen nicht viel Neues erfahren, auch nicht im Bridewell, wo der Coroner die letzten Befragungen durchführte. Die gerichtliche Untersuchung war weitgehend abgeschlossen und ihr Ergebnis hielt keine Überraschungen parat: Der Kapitän, so folgerte man aus den Zeugenaussagen, habe die Tat in geistiger Umnachtung begangen, sei zum entsprechenden Zeitpunkt nicht zurechnungsfähig gewesen und demnach unschuldig. Die Zeitungen hatten jedoch am Samstag erstmals ausführlich über die Morde auf der *Mary Russell* berichtet, und am Anfang der darauffolgenden Woche hatte uns unvermittelt die Nachricht von der Verhaftung Kapitän Stewarts erreicht.

Die Gerüchte, die sich um seine Flucht und seinen wahrscheinlichen Aufenthaltsort rankten, waren nicht allzu weit von der Wirklichkeit entfernt: Stewart war tatsächlich im kleinen Hafen von Baltimore an Land gegangen und hatte sich der Küstenwache gestellt. Er hatte gestanden, in Notwehr sieben Männer getötet und zwei verletzt zu haben. Gleichzeitig hatte er eine der verletzten Personen beschuldigt, einen Mord begangen zu haben.

Am Dienstag, den 1. Juli hatten wir im *Constitution* gelesen, dass man Stewart zunächst in der Polizeiwache in Skibbereen festgehalten und am Montag nach Cork überführt habe. Die Zeitung berichtete zudem von einem Besuch Mrs. Stewarts im Gefängnis und dass sie, nach dem Wiedersehen mit ihrem Mann, zusammengebrochen sei. Angeblich hatte man sie sofort ins Hospital der Haftanstalt gebracht, wo sie eine Fehlgeburt erlitt.

All diese Nachrichten, die ich und die anderen Bewohner von Corkbeg House mit Interesse zur Kenntnis genommen hatten, versetzten Scoresby in helle Aufregung. Ich bedauerte fast, die Zeitungen nicht vor ihm versteckt zu haben, denn so lange wir nichts Neues aus Cove und Cork hörten, war er nicht von Elizabeths Seite gewichen, und ich hatte mich gefreut, meine Schwester glücklich zu sehen und zu erleben, wie ihr Glück unser großes, düsteres Haus ein wenig heller und freundlicher machte.

Scoresby hatte sich ihr gegenüber so fürsorglich und liebevoll verhalten, wie es sich für einen frischgebackenen Ehemann geziemt. Doch gab es da immer noch etwas, das ihm offenbar keine Ruhe ließ, und bald hatte er begonnen, mich nach Möglichkeiten auszufragen, den Kapitän in seiner Zelle zu besuchen und ihm eine Stellungnahme zu entlocken.

Stewart wurde vorsichtshalber von der Öffentlichkeit abgeschirmt und durfte bis auf Weiteres keine Besucher empfangen, das war uns klar. Ich wusste allerdings, dass es trotz alledem möglich sein könnte, bis zu ihm vorzudringen, denn ein Mitglied des Gefängnis-Komitees, Captain Hoare, war mit einer meiner Schwestern verheiratet. Die meisten meiner zahlreichen Schwestern und Cousinen teilten die merkwürdige Neigung, sich mit höheren Beamten zu vermählen, was für die Familie vorteilhaft war, auch wenn keine einzige Gefallen an einer dieser buckligen Gestalten aus den Kellergewölben der Steuerbehörde gefunden hatte.

Als wir nun tatsächlich vor dem bedrohlich wirkenden, klassizistischen Portal des Gefängnisses standen, war ich mir jedoch keineswegs sicher, ob es in diesem Fall eine gute Idee gewesen war, die Familienbeziehungen ins Spiel zu bringen. Ich hatte es allerdings nicht nur Scoresby zuliebe getan, sondern auch, weil der übereifrige Reverend sich nicht mit Ausreden hätte abspeisen lassen und sonst versucht hätte, seinen persönlichen Einfluss zu nutzen, was wiederum zu allerlei Kränkungen innerhalb der Familie geführt hätte. Hoare war indes geradezu entzückt gewesen, dem berühmten Scoresby dienlich zu sein, und hatte sich direkt an Stewart gewandt, der nach einigem Zögern zugestimmt hatte, uns zu empfangen.

Captain Hoare, ein untersetzter, rotgesichtiger Bursche, der schon morgens nach dem Frühstück aussah, als hätte er zu viel zu Mittag gegessen und die Mahlzeit auch noch mit einer Flasche Burgunder hinuntergespült, begrüßte uns in der tristen, schmucklosen Eingangshalle des Gefängnisses und führte uns in den Trakt mit den Einzelzellen. Ein Schließer in Uniform ging uns voran und öffnete die schwarzen Gittertüren, die den Eingang zu jedem weißgetünchten Korridor sicherten.

»Wir mussten ihn in eine Einzelzelle verlegen«, erklärte Hoare. »Die anderen Gefangenen hatten eine Höllenangst vor ihm, und er seinerseits war überzeugt, dass jemand ein Mordkomplott gegen ihn schmiedet.«

»Müssen wir uns Sorgen machen?«, fragte ich skeptisch. »Hat er jemanden körperlich angegriffen?«

»Nein, das nicht«, meinte Hoare ausweichend. »Aber ich persönlich wäre auch nicht gern mit ihm allein in einem Raum mit vergitterten Fenstern und verriegelter Tür. Glaubt man den Zeitungen, muss er ein unberechenbares Monster sein. Steht man ihm gegenüber, ist er jedoch nach wie vor der gute alte William Stewart aus Cove.«

»Das beruhigt mich ungemein«, murmelte ich.

Auf dem Weg zu Stewarts Zelle kamen uns zwei schwarz gekleidete Frauen und vier Kinder entgegen: Eine der Frauen war Mrs. Stewart, die unseren höflichen Respektbezeugungen keine Beachtung schenkte, beharrlich unseren Blicken auswich und rasch an uns vorbeiging. Sie war immer noch hochschwanger, ihr Gesicht war weiß wie Alabaster, doch ihre Schritte fest und entschlossen. Die Zeitungsmeldung über Schock und Fehlgeburt beruhte offensichtlich auf unglaubwürdigen Quellen.

Wir erreichten die Zellentür und warteten schweigend auf den graubärtigen Schließer, der sein Amt sehr umständlich verrichtete, geradezu zelebrierte, als würde sein rasselnder Schlüsselbund ihm göttliche Macht verleihen.

»Mr. Stewart, Sie haben Besuch«, sagte der Mann, nachdem er die Tür endlich geöffnet hatte. Die Zelle war überraschend geräumig und hell, wenn auch nur spartanisch eingerichtet. Es gab eine schmale Pritsche, einen Holzschemel und einen kleinen Tisch, an dem der Kapitän saß und von einem Schriftstück aufblickte, an dem er gerade gearbeitet hatte. Er war gut gekleidet, trug ein sauberes weißes Hemd und einen schwarzen Gehrock, nicht die sonst übliche Häftlingskleidung. Sein spärliches rotes Haar war glatt über den Schädel zurückgekämmt. In seinen Augen schimmerte kurz eine gewisse Unsicherheit auf, doch er erhob sich umstandslos, um uns entgegenzugehen und mit einem freundlichen Lächeln die Hand zu schütteln.

Ich spürte seinen warmen, festen Händedruck und lächelte unwillkürlich zurück, obwohl im selben Moment abscheuliche Bilder vor mir aufflackerten, die mir buchstäblich den Magen umdrehten. Ich riss mich zusammen, unterdrückte die aufkommende Übelkeit und stellte Kapitän Stewart meinen Schwager Scoresby vor, den er bereits mit unverhohlener Neugier musterte.

»Sie haben eine Stunde«, sagte Hoare, bevor er die Zelle verließ, die hinter ihm abgeschlossen wurde.

»Nehmen Sie meinen Sessel, Reverend.« Stewart überließ Scoresby höflich seinen Platz am Tisch, während er sich auf die Pritsche setzte. Ich blieb in der Nähe der verriegelten Tür stehen, und es kam mir fast so vor, als hätten die beiden meine Anwesenheit schon vergessen. Sie sahen einander fest in die Augen, wie Brüder, die sich nach Jahren der Trennung zum ersten Mal wieder begegnen.

»Wir hatten letzte Woche Gelegenheit, die *Mary Russell* zu besichtigen«, begann Scoresby zögernd, als wollte er eine ungewollte Empfindung mit kühler Sachlichkeit bekämpfen. »Können Sie mir sagen, wem dieses Buch gehört?« Er zog den kleinen Gedichtband aus der Tasche und reichte ihn dem Kapitän. Dieser nahm das Büchlein mit leicht verwirrter Miene entgegen, blätterte gleichgültig darin und gab es zurück.

»Ich weiß nicht ... vielleicht Kapitän Raynes. Er zitierte gern Gedichte. Oder Mr. Smith, ein Schotte, wie Byron. Smiths Interesse an derlei Literatur war freilich nicht sonderlich ausgeprägt. Er vergeudete sein Geld lieber in Hurenhäusern.«

Ich wunderte mich, dass Stewart das Wort »Literatur« verächtlicher betonte als die Hurenhäuser.

»Sie hatten beide in Verdacht, eine Meuterei anzuzetteln?«

Stewarts Miene verfinsterte sich. »Ich hätte Raynes nicht an Bord lassen dürfen. Ich hätte Smith nicht zum Ersten Steuermann ernennen dürfen. Meiner Ansicht nach haben sie sich schon in Bridgetown gegen mich verschworen. Smith ist dem Schiff nächtelang ferngeblieben. Ja, ich habe Fehler gemacht. Meine Gutmütigkeit hat mich ins Unglück gestürzt, aber mein Vertrauen in Gott den Allmächtigen hat mir das Leben gerettet.«

»Während der Fahrt nach Barbados gab es also keinen Grund für Misstrauen gegenüber der Crew?«

»Wenn ich es mir recht überlege, war ich sehr naiv, was die Crew betrifft. Ich kannte sie nur als rechtschaffene Männer und dachte mir nichts dabei, dass sie – die einfachen Matrosen –

mich immer wieder drängten, ihnen Unterricht in Navigation zu erteilen. Ich habe es ihnen versprochen und hätte es gern getan, denn ich hielt sie für tüchtig und lobte sie sogar dafür, dass sie im Leben vorankommen wollten. Dabei wollten sie sich bloß das Schiff und die Fracht unter den Nagel reißen!«

»Was aber war es, das Ihr Misstrauen weckte?«

Kapitän Stewart blickte nach unten auf seine gefalteten Hände. »Ich weiß nicht, ob ich das wirklich erzählen möchte. Meine Frau meinte, ich hätte keinen Grund mich zu schämen, da ich keine Wahl gehabt hätte. Im Grunde sind wir alle der Vorsehung unterworfen, und Gott der Allmächtige lenkt jeden unserer Schritte.«

»Ich bin nicht hier, um über Sie zu urteilen«, sagte Scoresby leise.

»Nun gut«, sagte der Kapitän, »ich will Ihnen nicht verheimlichen, was mir offenbart wurde. Sie als Theologe, Gelehrter und Seemann werden mich vielleicht verstehen und können mir erklären, ob meine Visionen ein Segen waren oder ein Fluch!«

XXIV

Kapitän Stewart erzählte uns mit ruhiger Stimme von einem sonderbaren Traum, der ihn in den ersten Nächten nach dem Auslaufen aus dem Hafen von Bridgetown heimgesucht hatte. Ein Traum, der ihm so entsetzlich erschien, dass er nachts keine Ruhe mehr finden konnte.

»Ich träume eigentlich selten oder kann mich nachher kaum je an diese nächtlichen Eingebungen erinnern, und wenn, dann sind sie meist wirr und zusammenhanglos. Diesmal war es anders, erschreckend klar und deutlich wie eine Stimme, die mich laut aus dem Nebenzimmer ruft. Ich öffnete die Augen und sah einen großen Mann neben meiner Koje stehen. Ein gesichtsloser Riese, schwarz wie ein sternloser Nachthimmel. Er streckte seine Hand aus, und ich ergriff sie vertrauensvoll wie ein Kind, das von seinem Vater geweckt wird. Neben ihm stehend fühlte ich mich wahrhaftig wie ein Kind, denn der Mann war zwei- oder dreimal so groß wie ich. Er geleitete mich an Deck, und wir stiegen nebeneinander über die Reling als wär's ein Gartenzaun. Ich hatte Angst vor dem Meer, vor der Tiefe, doch ich versank nicht, als ich einen Fuß auf die schimmernden schwarzen Wellen setzte. Bald gingen wir über den Ozean, als wäre er nichts weiter als eine Wiese im Mondlicht. Das Schiff ließen wir hinter uns zurück. Wir gingen immer weiter durch die Nacht, bis wir einen Hafen erreichten. Dort lagen zahlreiche Schiffe vor Anker, doch auf den zweiten Blick musste ich erkennen, dass es keine Schiffe, sondern Särge waren. Ihre Masten ragten auf wie die Kreuze auf einem Friedhof. Der Riese schwieg und führte mich weiter durch die verlassenen Straßen einer Stadt, hin zu einem vierstöckigen Haus, das ich als das meine erkannte. Ich trat alleine ein, um meine Frau und meine Kinder zu begrüßen. Doch meine Frau war von Fremden umgeben. Sie weinte, und ein Priester tröstete und umarmte sie. Auch der Salon war anders, doch es dauerte seine Zeit, ehe ich herausfand, was sich geändert hatte. Die Stiche der *Sandwich, Hound, Hermione* und *Marie Antoinette*, die noch aus dem Besitz meines Vaters stammen, waren keine Stiche, sondern Gemälde, so kunstvoll und naturgetreu, dass die Rahmen wie Fenster wirkten, durch die man hinaus aufs Meer blicken konnte. Zwischen der *Hermione* und der *Marie Antoinette* hing ein weiteres Bild, ein neues, und als ich es mir aus der Nähe ansah, erkannte ich darauf die *Mary Russell* und kaum hatte ich sie erkannt, da erwachte ich in meiner Koje.«

Die Erzählung des Kapitäns klang für mich wie ein Beweis, dass er unwiderruflich den Verstand verloren hatte. Scoresby schien dieses grelle Hirngespinst jedoch für bare Münze zu nehmen und ging bereitwillig darauf ein.

»Sie vermuteten also, dass der Traum eine Warnung war, dass er Sie vor den Plänen der Meuterer warnte?«

»Ist das nicht selbstverständlich? Der Traum machte mir bewusst, dass an Bord der *Mary Russell* eine Verschwörung im Gange war und dass es für mich um Leben und Tod ging. Mir wurde offenbart, was geschehen würde, wenn ich tatenlos und unaufmerksam blieb. Ich musste etwas unternehmen, denn plötzlich bekam so manches, was ich zuvor ignoriert oder übersehen hatte, eine tiefere Bedeutung. Ich begriff, warum die Matrosen etwas über Navigation lernen wollten, warum Smith heimlich nautische Beobachtungen durchführte, warum Raynes immer Gälisch mit den Männern sprach, sobald ich in Hörweite war, warum alle hinter meinem Rücken tuschelten. Doch immer, wenn ich die Kerle zur Rede stellte, gaben sie vor, mir bedingungslos und treu ergeben zu sein. Dabei ahnte ich, dass sie mich bei der nächsten Gelegenheit fortschaffen würden, genauso wie man die Offiziere der *Hermione*, der *Hound* und all der anderen Schiffe fortgeschafft hatte. Ich musste den Meuterern unbedingt zuvorkommen und ihnen zeigen, mit wem sie sich anlegen wollten. Ich warf die Seekarten und Navigationsinstrumente über Bord, damit ihnen klar wurde, dass sie von mir und meinem Wissen abhängig waren. Freilich hatte ich noch Ersatzkarten in meiner Kabine versteckt und konnte immer noch den Kurs bestimmen. Ich beschaffte mir Äxte und Harpunen, um mich verteidigen zu können, falls es zum Äußersten käme, und als wir der Mary Harriet begegneten, kaufte ich mir ein paar Pistolen.«

»Wie viele genau?«, warf Scoresby ein.

»Ein Paar. Also zwei. Ich musste mir schließlich Respekt verschaffen. In der Nacht darauf hörte ich Smith immer wieder grundlos die Kajüttreppe auf und ab gehen. Gott weiß, was er im Schilde führte, und als ich ihn zur Rede stellte, bot er mir dreist die Stirn. Er behauptete, er habe damals auf der Lopara einen Mann getötet, einen Offizier, und sei damit durchgekommen. Man hatte ihn wohl nicht einmal verdächtigt. Da wusste ich, dass er mich, ohne mit der Wimper zu zucken, über Bord werfen würde. Ich kam ihm zuvor und ließ ihn ins Lazarett sperren. Die Männer murrten und gehorchten nur widerwillig. Es war klar, dass sie ihre finsteren Pläne nicht aufgegeben hatten. Folglich musste ich mir rasch etwas einfallen lassen, um ihnen zuvorzukommen, ihnen das Heft aus der Hand nehmen.«

»Es gelang Ihnen ganz allein, die Männer zu überwältigen?«

Trotz allem, was wir bisher erfahren hatten, war dies immer noch schier unglaublich, wenn man die untersetzte Statur und eher schwächliche Konstitution Stewarts bedachte.

»Ja, durch eine List und weil die Schiffsjungen mir tapfer zur Seite standen, konnte ich einen nach dem anderen unter Kontrolle bringen. Alle bis auf Howes, diesen Teufelskerl. Er muss seine Seele dem Leibhaftigen verkauft haben, denn meine Pistolenkugeln konnten ihn weder treffen noch ernsthaft verletzen. Er war das größte Problem. Ich wusste, er würde die erste Gelegenheit nutzen, um seine Spießgesellen zu befreien oder um die unschuldigen Jungs auf seine Seite zu ziehen und gegen mich aufzuhetzen.

Ich hatte die Meuterei verhindert, konnte die Brigg aber unmöglich allein segeln. Also wies ich die Jungs an, das Notsignal zu hissen. Ich war mir nicht ganz sicher, wer die Meuterei anführte, wer direkt beteiligt und wer nur Mitläufer war, aber sobald uns jemand zu Hilfe kommen würde, so dachte ich, würde sich alles aufklären. Wir hätten die Männer nach Cork bringen und vor Gericht stellen können. Doch niemand kam.«

»Darum haben Sie über sie gerichtet.«

Stewart schüttelte heftig den Kopf. »Nein. Ich bot ihnen das Beiboot an, wollte sie ziehen lassen, wenn sie mich und die Jungs verschonten. Sie aber lachten nur, lachten mich aus, nannten mich einen Irren, einen Wahnsinnigen, der sein Leben in einem finsteren Kerker beenden werde.

Plötzlich schien sich das Blatt zu wenden. Die Jungs riefen ein Schiff aus, das auf unsere Flagge reagierte, näher kam und beidrehte. Doch aus irgendeinem unbegreiflichen Grund setzten sie alle Segel und liefen davon, als hielten sie die *Mary Russell* für ein Pestschiff. Ich war nicht nur enttäuscht, ich war verzweifelt, so sehr, dass ich darob rasende Kopfschmerzen bekam. So ging ich hinunter in die Kajüte, um zu beten, und ich flehte zu Gott dem Allmächtigen, mir ein Zeichen zu schicken. Der Herr hatte mich vor den Meuterern gewarnt, er würde mich auch in dieser furchtbaren Lage nicht im Stich lassen.

Da wurde erneut ein Schiff ausgerufen. Ich lief an Deck, winkte und schrie, so wie auch die Jungs winkten und schrien. Doch auch dieses Schiff segelte vorbei, als stünden wir unter einem Bannfluch. Als ich sah, wie die Segel des Fremden sich erneut in der günstigen Brise blähten, um ihn hinter den Horizont zu tragen, begriff ich: Dies war das Zeichen, um das ich gebetet hatte. Die *Mary Russell* war verflucht und würde nie ihren Hafen erreichen, wenn ich nicht Gottes Werk vollbringen, wenn ich nicht sein Arm, seine strafende Hand sein würde. Denn so spricht der Herr: *Wenn ihr nicht umkehrt, werdet ihr alle auf dieselbe Weise umkommen!*«

XXV

Der Kapitän schwieg. Sein Gesicht war blass und völlig ausdruckslos. Scoresby hingegen starrte den Wahnsinnigen an, als hätte dieser mit Engelszungen gesprochen. Ich sah deutlich, dass der sonst so selbstbewusste Reverend um Worte rang und Mühe hatte, seine Gefühle im Zaum zu halten. Mir hingegen erschien es fast unmöglich, dass ein so gebildeter und weltgewandter Mann wie Scoresby von Stewarts fadenscheiniger Rechtfertigung derart geblendet sein konnte.

In diesem Moment hörten wir den Schlüssel an der Zellentüre, die kurz darauf geöffnet wurde. »Gentlemen, die Stunde ist um, eine gute Stunde«, verkündete Hoare in unpassend fröhlichem Ton. »Dürfte ich Sie bitten, die Zelle zu verlassen?«

Scoresby zögerte, raffte sich jedoch kurzentschlossen auf und drückte Stewart wortlos die Hand, ehe er in den Korridor eilte.

Unsere Droschke wartete vor dem dunklen Portal, doch wir wollten uns ein wenig die Beine vertreten, bevor wir uns auf den Rückweg machten, und kamen trotz des leichten Nieselregens überein, einem Pfad zu folgen, der am Flussufer entlang führte.

»Sie glauben doch nicht wirklich, dass Stewart eine göttliche Eingebung hatte? Dass er dem Willen des Allmächtigen entsprach, als er den armen Menschen die Schädel einschlug?« Ich war entsetzt über diese Vorstellung.

»Wenn es so einfach wäre!«, seufzte Scoresby. Er blickte ratlos und erschöpft auf den Fluss und das gegenüberliegende Ufer. »Ich bin, wie Sie wohl wissen, kein leichtgläubiger Mensch. Ich bin ein Naturforscher, ein Zweifler, der auf der Suche nach Wahrheit im Dunklen umhertappt. Doch dieser Stewart zeigt keinerlei Zweifel, er glaubt fest an das, was er sagt, und er spricht mit klarer, fester Stimme. Seine Erklärungen ergeben Sinn und fügen sich glaubhaft in das Gesamtbild. Ich finde keine Lücke in seiner Argumentation. Falls er wahnsinnig ist, sind vielleicht alle Offenbarungen, alle Zeichen der Gnade unsres Herrn nichts anderes als Produkte des Wahnsinns. Ist er geistig gesund, lügt er so gut wie Luzifer persönlich. Hat irgendein Gott diesem Mann Träume und Visionen geschickt? Wenn ja, dann gewiss nicht Gott unser Vater, sondern ein böser, hinterlistiger Gott, der uns Fallen stellt und über unsere Fehler lacht. Können Sie auch nur annähernd begreifen, wie sehr mich diese Fragen quälen?«

Ich konnte es wirklich nicht nachvollziehen, doch ich verstand, dass Scoresby diese Tragödie nicht nur als schlichten Kriminalfall betrachtete, sondern als Prüfung seines eigenen Glaubens und seiner eigenen Moral – einer Moral, die höchsten Ansprüchen genügen musste. Er identifizierte sich mit dem Täter und fragte sich, ob er in einer ähnlichen Situation anders gehandelt hätte.

»Diese Fragen würden Sie nicht länger quälen, wenn Sie hinter den Schleier aus Lügen und schlau arrangierten Halbwahrheiten blicken würden. Stewart hat eine ungeheure Schuld auf sich geladen, und er versucht alles, seine Tat vor seinen Mitmenschen und sich selbst zu rechtfertigen. Er hat sofort erkannt, wie sehr Sie von seinen angeblichen Visionen fasziniert sind und sieht in Ihrer Reaktion vermutlich einen Rettungsanker, eine Möglichkeit, die entsetzliche Verantwortung für das, was er getan hat, auf das Schicksal und die Vorsehung abzuwälzen.«

»Sie glauben, er versucht mich zu manipulieren?«

»Er hätte sicherlich andere Wort gewählt, wenn er mit einem Juristen statt einem Theologen gesprochen hätte. Die Geschichte seines prophetischen Traumes mag einen wahren Kern besitzen. Es ist nicht unwahrscheinlich, dass er im Schlaf die Bilder der *Hermione* und der anderen Schiffe in seinem Salon sah und dies als Warnung vor einer Meuterei auslegte. Doch die Episode mit dem Priester, der Mrs. Stewart tröstet, ist ganz und gar darauf gemünzt, Ihre Aufmerksamkeit zu erregen. Mrs. Stewart hat ihm wohl von unserem Besuch bei ihm zu Hause erzählt. Erinnern

Sie sich nicht an das, was Smith über die Träume berichtete? Er sprach von einem nächtlichen Hafen und einem Haus mit mächtigen Säulen, aber nicht von Bildern und Priestern.«

»Einem Haus mit *vier* mächtigen Säulen, nicht wahr? Damit könnte durchaus das Portal des Gefängnisses gemeint sein. Ich möchte das nicht alles für hinterhältige Lügen halten. Sind es nicht vielmehr Zeichen, Warnungen, Mahnungen, die eine Zukunft zeigten, die Stewart hätte verhindern können, wenn er diese Zeichen nur richtig gedeutet hätte.«

»Hätte der Kapitän keine Warnung erhalten, würde das erste Glied der Ereigniskette fehlen, er hätte kein Misstrauen gegenüber seinen Männern gehegt, und die Crew wäre gesund und munter heimgekehrt. Diente die Warnung also dem Zweck, Schlimmeres zu verhindern, oder dazu, den Stein ins Rollen zu bringen und die Katastrophe auszulösen? Ich denke, der Traum macht nur Sinn, wenn er im Nachhinein erfunden wurde, um einem schwachen, verwirrten, schuldigen Menschen als Ausrede zu dienen!«

Scoresby blickte zu Boden und schien die Kieselsteine auf unserem Weg zu zählen oder nach verborgenen Mustern abzusuchen. Dann blieb er unvermittelt stehen und sah mich an. »Nehmen wir an, er hatte wirklich eine Vision und hätte sie nicht weiter beachtet. Hätten Schiff und Crew den vorgesehenen Hafen erreicht? Oder hätte jemand an Bord die erstbeste Gelegenheit genutzt, das Schiff zu übernehmen? Bedenken Sie den Wert der Fracht! Bedenken Sie das Waffenlager im Zwischendeck! Die dritte Pistole! Ich glaube auch nicht, dass Stewart umsichtig und klug mit der Situation umgegangen ist, aber kann man ihn deswegen wahnsinnig nennen? Die Morde waren gewissermaßen der tragische Schlusspunkt einer Reihe von Fehlern, und das Verhalten einiger Crewmitglieder hat keineswegs dazu beigetragen, die Lage zu entspannen. Denken Sie nur an Smith und seine Drohungen.«

»Sie meinen den Mord auf der *Lopara*?«

»Ob man Smith dafür zur Rechenschaft ziehen wird? Ich halte ihn für eine recht zweifelhafte Figur. *Er* ist zumindest der Mann, dem ich eine skrupellose Tat zutrauen würde.«

Im Grunde wollte er damit sagen, dass er Stewart *keine* skrupellose Tat zutraute und davon ausging, dass der Kapitän keine andere Wahl gehabt hatte, als einer inneren Stimme zu gehorchen, die ihm zu morden befahl. Ich hätte dergleichen einfach als Wahnsinn bezeichnet, doch der Theologe suchte nach einer tieferen Bedeutung und argumentierte in einer Dimension, die meiner Einsicht verschlossen blieb. So ignorierte ich seine Anspielung und kehrte zurück zu den Fakten, die verwirrend genug waren.

»Ach ja, die *Lopara*. Ich habe mittlerweile die Register der Royal Navy überprüft. Es gibt kein Schiff dieses Namens unter britischer Flagge. Ich weiß nicht, was ich davon halten soll, denn schließlich haben sowohl der Steuermann als auch der Kapitän diesen Namen erwähnt. Hier haben wir ein weiteres Rätsel, das vor Gericht geklärt werden muss.«

XXVI

Die Gerichtsverhandlung um Kapitän William Stewarts Verbrechen sollte am 11. August im Rahmen der halbjährlichen Sitzungen des Schwurgerichts des County Cork stattfinden. Scoresby hatte sich vorgenommen, die Verhandlung zu besuchen, musste jedoch Ende Juli nach Liverpool zurückkehren, da er seinen Urlaub nicht um weitere vierzehn Tage verlängern konnte. Er zeigte sich enttäuscht, obwohl ich ihm versprach, brieflich von dem Ereignis zu berichten und ihm alle lokalen Zeitungsartikel zu schicken. Offenbar hegte er schon damals den Plan, ein Buch über die Affäre zu schreiben, und ich erfuhr erst im darauf folgenden Jahr von Elizabeth, dass Scoresby nicht nur mit mir, sondern auch mit dem Kapitän regelmäßig korrespondierte, den er vor seiner Abreise ohne mein Wissen ein zweites Mal besucht hatte.

Die erste Vernehmung des Kapitäns war für Freitag, den 8. August anberaumt. Da es sich nur um eine Formalität handelte, in der die Anklage verlesen und der Angeklagte aufgefordert wurde, sich schuldig zu bekennen oder auf unschuldig zu plädieren, machte ich mir nicht die Mühe, nach Cork zu fahren. Das Wesentliche erfuhr ich aus der Zeitung: Vor dem King's Old Castle hatte sich eine riesige, aber gespenstisch stille Menschenmenge versammelt. Die ganze Stadt schien von dem Verlangen besessen zu sein, einen Blick auf den siebenfachen Mörder zu werfen, der von seinem Anwalt, Mr. Bennet, dem Gefängnisdirektor, Mr. Welsh, und einer Polizeieskorte begleitet wurde. Die Vernehmung selbst verlief unspektakulär. Stewart schwieg, und als er die Hand zum Eid heben sollte, musste Welsh ihn stützen. Bennet ergriff das Wort für seinen Mandanten und plädierte auf: nicht schuldig.

Der Zeitungsartikel vermittelte ein ganz anderes Bild von Stewart als das, welches ich mir einen Monat zuvor persönlich hatte machen können. Seine Selbstsicherheit war offenbar einer quälenden Selbsterkenntnis gewichen. Ich nahm an, dass ihm allmählich bewusst geworden war, was er getan hatte und welchen Preis er dafür zahlen würde. Scoresbys Faszination konnte ich nicht teilen. Für mich war Stewart schuldig, und wie so viele, die sich schuldig gemacht haben, versuchte er die Wahrheit in eine bequeme Form zu biegen, die seinem Selbstbild entsprach, anstatt vor den Richter zu treten und zu sagen: »Seht her, ich habe Blut an den Händen, ich habe etwas Schreckliches getan. Mögen die Familien meiner Opfer mir vergeben und möge Gott meiner Seele gnädig sein.«

Ich erwartete jedoch keine großen Überraschungen, als ich am Morgen des 11. August das Dampfboot nach Cork nahm und zum Gericht in der North Main Street ging, wo die eigentliche Verhandlung um halb zehn Uhr vormittags beginnen sollte. Allerdings vermisste ich meinen Schwager Scoresby, mit dem ich tage- und nächtelang über den Fall diskutiert hatte, ohne zu einem Ergebnis oder auch nur einem gegenseitigen Verständnis zu kommen. Ich glaube, wir bedauerten beide, dass dies unmöglich war. Das, was er über Zweifel gesagt hatte, dass Zweifel uns erst menschlich machen, hatte mich sehr für ihn eingenommen, und mir war einfach unbegreiflich, warum er nach der fatalen Begegnung mit Kapitän Stewart begonnen hatte, an seinen Zweifeln zu zweifeln; ganz so, als schriebe er dem wahnsinnigen Mörder eine tiefere Einsicht in das Gewirr aus Zufall und Schicksal zu, das manche für göttliche Vorsehung halten, als den tiefgründigsten Gelehrten und Philosophen.

Ich erreichte King's Old Castle gerade rechtzeitig, um die feierliche Ankunft der Richter zu sehen, deren Kutsche von Polizisten und Militäroffizieren zu Pferde begleitet wurde, während ein Trompeter dem Zug voranging und den Beginn der Assisen mit einer dröhnenden Fanfare ankündigte. Erneut drängte sich halb Cork in der North Main Street, doch waren die Schaulustigen und Sensationshungrigen weniger still und zurückhaltend als sie laut *Mercantile Chronicle* am vergangenen Freitag gewesen waren: Sie johlten und pfiffen wie auf dem Jahrmarkt, als die ehrwürdigen, vom Admiralty Court ernannten Richter Lord Chief Justice Standish O'Grady und Baron Richard Pennefather der Kutsche entstiegen. Beide waren erfahrene Juristen in fortgeschrittenem Alter, seit Langem an das Spektakel gewöhnt, das die halbjährlichen Assisen in der Provinz zu einem gesellschaftlichen Ereignis machte. Trotz des guten Rufs der zwischen Akten- und Dokumentenstapeln ergrauten Männer, wirkten ihre schwarzen Talare eine Spur zu weit und ihre weiß gepuderten Perücken ein wenig zu groß, und ich zweifelte ein wenig daran, ob sie in der Lage wären, mehr Licht in diesen dunklen Fall zu bringen.

Dank meines Ranges konnte ich mir über einen Seiteneingang Zugang zum Gebäude verschaffen und ergatterte einen Stehplatz im überfüllten holzgetäfelten Gerichtssaal. Die Geschichte der *Mary Russell* war längst in die überregionale und internationale Presse vorgedrungen, Kapitän Stewart war im Volksmund als »das Monster« verschrien, denn niemand konnte sich vorstellen, dass ein gewöhnlicher Mensch zu den in den Zeitungen ausführlich geschilderten Untaten fähig wäre.

In diesem Punkt wurde das Publikum freilich enttäuscht: Nachdem die Richter den Saal betreten und sich auf ihren Plätzen niedergelassen hatten, wurde Stewart hereingeführt. Er war ebenso schlicht und sorgsam gekleidet wie damals, als wir ihn im Gefängnis besucht hatten. Er wirkte keineswegs nervös, sondern ruhig und gefasst, als man ihm deutlich machte, dass die Anklage – siebenfacher Mord – nach Recht und Gesetz zu einem Todesurteil führen könne. Der Kapitän nickte mit unbewegter Miene und trotzte aufrecht der schamlosen Gafferei des Publikums.

Auswahl und Vereidigung der Jury nahm eine gute Stunde in Anspruch. Danach ergriff der Anwalt der Anklage, Mr. Sergeant

Goold, das Wort. Er schilderte ausführlich, was sich an Bord der *Mary Russell* zugetragen hatte. Ob eine Meuterei geplant gewesen sei, wie es der Angeklagte behauptete, könne man nicht mit Sicherheit sagen. Erwiesen sei lediglich, dass Kapitän William Stewart sieben Männer erschlagen habe. Die Jury müsse nun entscheiden, ob er fähig war, zwischen richtig und falsch zu unterscheiden, als er die Tat beging, oder ob zu dem fraglichen Zeitpunkt eine »krankhafte Störung der Geistestätigkeit« vorlag. »Ich hoffe bei Gott, dass dies der Fall war«, sagte Goold, »sodass der Gefangene sich in diesem Sinne als unschuldig, weil nicht zurechnungsfähig, erweisen wird, um sowohl sich selbst als auch dieses Land von einem entsetzlichen Makel zu befreien.«

Ich hielt dies für eine bemerkenswerte Aussage. Offenbar hatte niemand Interesse daran, Stewart des kaltblütigen Mordes zu überführen und ihn an den Galgen zu bringen. Schließlich galt er als angesehener und unbescholtener Bürger, als »einer von uns«, der nur im Zustand geistiger Umnachtung fähig war, Böses zu tun. Alles andere wurde von vornherein ausgeschlossen, da es einen dunklen Schatten auf unsere Klasse und unsere Nation geworfen hätte.

Entsprechend machte die Anklage sich auch nicht die Mühe, sorgfältig nachzuprüfen, ob Stewarts wachsendes Misstrauen gegenüber seiner Crew berechtigt gewesen war oder nicht. Die Zeugenaussagen der Schiffsjungen, der überlebenden Seeleute Smith und Howes sowie Kapitän Callendars, der eigens aus Belfast angereist war, unterstützten durchweg die Theorie, dass die Meuterei ein reines Hirngespinst war. Die drei Schiffsjungen bereuten, dem Kapitän, der sie mit Drohungen und Versprechungen gefügig gemacht hatte, geholfen zu haben. Howes, der sogar im Zeugenstand unbezwinglich wirkte, zeigte gütiges Verständnis für die Schiffsjungen, und als er erfuhr, dass es der kleine Rickards gewesen war, der ihm während des Kampfes im Zwischendeck mit der Axt auf den Schädel geschlagen hatte, nahm er den Jungen in Schutz und sagte, er habe selbstverständlich dem Kapitän gehorchen müssen.

Gespannt wartete ich darauf, was Smith zu den Vorwürfen des Kapitäns zu sagen hatte. Smith, der mit seiner Augenklappe aussah wie ein hagerer Bilderbuchpirat, antwortete ruhig und gelassen in seinem schweren schottischen Akzent. Er habe Kapitän Stewart niemals gedroht, sondern lediglich Geschichten aus seiner Zeit bei der Navy erzählt. Er sei nie auf einer Fregatte namens *Lopara* gesegelt. Die rätselhafte dritte Pistole wurde mit keinem Wort erwähnt.

Im Großen und Ganzen brachten die ersten Zeugenaussagen keine wirklich neuen Informationen ans Licht. Der seltsame Traum, der das Misstrauen des Kapitäns gegenüber der Crew geweckt hatte, wurde nur beiläufig erwähnt, und den armen Tom Hammond hatte man nicht einmal vorgeladen. Stewart wurde als abergläubischer Mensch bezeichnet, der an prophetische Träume und Gespenster glaube. Der Kapitän hörte diesen Vorwurf, den er womöglich gar nicht als Vorwurf empfand, mit versteinertem, fast hochmütigem Gesichtsausdruck.

Ich fragte mich, was die Verteidigung all dem noch hinzuzufügen gedachte. Mr. Bennet würde schwerlich beweisen können, dass sein Mandant entweder keinen der Morde begangen hatte oder dass er die Männer hatte töten *müssen*, um eine Fracht im Wert von rund viertausend Pfund und den Sohn des Reeders vor einer Bande Meuterer zu schützen. Nein, auch für Bennet war eine »krankhafte Störung der Geistestätigkeit« die einzige rationale Erklärung für Stewarts Verhalten. Er musste nachweisen, dass der Kapitän geisteskrank war, um ihn vor dem Galgen zu bewahren, und rief zu diesem Zweck zwei medizinische Gutachter in den Zeugenstand.

Der erste Gutachter, ein recht zerstreut wirkender Dr. Clarke aus Skibbereen, gab an, Kapitän Stewart kurz nach seiner Verhaftung untersucht zu haben. Dieser habe ihm zusammenhanglos und wirr von den Ereignissen an Bord der *Mary Russell* berichtet, doch könne er als Mediziner nicht wirklich beurteilen, ob Stewart zu diesem oder einem früheren Zeitpunkt wahnsinnig gewesen sei. Er habe deutlich gemacht, dass er sich vollkommen gesund fühle.

Als Nächster sagte der Arzt des County-Gefängnisses, Edward Townsend, aus. Seiner Meinung nach litt Stewart unter Monomanie. Er sei in jeder Hinsicht normal, seine Krankheit käme nur in ganz bestimmten Situationen zum Vorschein. Unter spezifischen Umständen zeige er ein übersteigertes Misstrauen gegenüber anderen Menschen und klammere sich an fixe Ideen: »Ich habe den Gefangenen einmal dabei beobachtet, wie er den Verputz von den Wänden seiner Zelle kratzte, und als ich ihn fragte, warum er das tue, erwiderte er, in der Wand seien die Haare des nachtschwarzen Mannes versteckt.«

»Können Sie mit Sicherheit feststellen, ob ein solches Verhalten echt ist oder nur gespielt?«, fragte Baron Pennefather den Arzt und sprach damit eine Vermutung aus, die mir seit Längerem durch den Kopf ging.

Townsend überlegte einen Augenblick: »Nein, das kann ich nicht. Niemand kann das.«

Es war also durchaus möglich, dass Stewart uns zum Narren hielt, indem er in die Rolle des Narren schlüpfte. Doch aus welchem Grund hätte er das tun sollen? Selbst wenn man ihn aus medizinischen Gründen für unzurechnungsfähig erklärte, würde er den Rest seines Lebens hinter Gittern verbringen.

Doch Bennet hatte noch einen weiteren Zeugen gefunden: Einen Mann, der vor acht Jahren, im Mai 1820, unter Kapitän Stewart nach Gibraltar gesegelt war. Henry Connell, ein grauhaariger Seemann aus West Passage, erzählte, der Kapitän habe sich damals ganz normal verhalten, doch nach der Rückkehr nach Irland, als das Schiff siebzehn Tage in Quarantäne vor Baltimore lag, habe er begonnen, der Crew seltsame Vorhaltungen zu machen.« Er behauptete steif und fest, dass ich ihn bei der Hafenbehörde als Schmuggler angezeigt hätte. Ich hatte nichts dergleichen getan, doch er ließ sich seinen Verdacht nicht ausreden. Er drohte mir, sagte, ich würde es noch bereuen, und er benahm sich so seltsam, dass die Passagiere Angst vor ihm bekamen und sich in ihren Kabinen einschlossen. Der Steuermann nahm Stewart ein Paar Pistolen und ein Rasiermesser weg, damit er nicht sich oder andere verletzte. Ich denke, das waren so ziemlich die schlimmsten Tage, die ich je an Bord eines Schiffes erlebt habe.«

Ein Raunen ging durch den Saal. War es demnach nur Zufall, dass Stewart nicht schon früher gemordet hatte? Diese Frage konnte niemand beantworten, auch nicht der letzte Zeuge der Verteidigung, der Leiter des Irrenhauses von Cork, Dr. Osborne, ein schwerfälliger, glatzköpfiger Mann. Er blinzelte durch seine Augengläser, als hätte er sein ganzes Leben im Dunklen verbracht. Der Nervenarzt hatte Stewart nie zuvor gesehen und ihn auch nicht näher untersucht, dennoch erklärte er ihn für unbestreitbar wahnsinnig.

»Sie glauben also, dass jeder Mensch, der eine teuflische Untat begeht, wahnsinnig ist?«, fragte Baron Pennefather, der unter seiner weißen Perücke so listig hervorlugte wie ein Fuchs aus dem Hühnerstall.

»Gewiss nicht, my Lord«, erwiderte Osborne, »aber einer meiner Kollegen erwähnte vorhin, dass der Angeklagte sich selbst für geistig gesund hält. Folglich liegt ihm nichts daran, diesen Zustand vorzutäuschen.« Der Arzt begann eine Liste mit Krankheitssymptomen vorzulesen, die seiner Meinung nach auf den Kapitän zutrafen, doch der Richter unterbrach ihn mit der Bemerkung, seine Angaben seien nicht relevant, da er den Angeklagten nicht persönlich untersucht habe.

Damit war die Anhörung der Zeugen beendet und Pennefather wandte sich an die Jury. Er fasste die Fakten noch einmal kurz zusammen und fügte hinzu: »Wenn es Gott gefällt, einen Mann seines Verstandes zu berauben, obliegt es keinem menschlichen Gericht, jenen Mann zu bestrafen. Es ist nun an Ihnen zu entscheiden, ob der Angeklagte in böser Absicht handelte oder ob Gott sein Handeln bestimmte. Wusste er nicht, was er tat, konnte er nicht zwischen Recht und Unrecht unterscheiden oder tat er aufgrund einer Sinnestäuschung etwas, was er ansonsten niemals getan hätte, muss dies zu seinem Freispruch führen.«

Die Sitzung hatte ohne größere Unterbrechung von zehn Uhr vormittags bis viertel vor sechs am Abend gedauert. Jetzt erst wurde mir bewusst, dass ich stundenlang in einem stickigen, überfüllten Saal ausgeharrt hatte, und ich eilte mit einem schmerzhaften Druck hinter dem linken Auge nach draußen, um frische Luft zu schnappen. Ich beschloss, in der Nähe zu bleiben, da ich nicht damit rechnete, dass die Jury länger als eine Stunde für die Beratungen benötigte. Schließlich hatte sowohl die Anklage als auch die Verteidigung auf Freispruch wegen Unzurechnungsfähigkeit plädiert.

Kurz nach sieben Uhr kehrten die Richter in den Saal zurück, um das Urteil der Jury zu hören. Die Namen der Geschworenen wurden verlesen, der Angeklagte wurde aufgefordert aufzustehen und vorzutreten. Dann ergriff der Vorsitzende der Jury das Wort: »Schuldig. Wir glauben, dass er zum Zeitpunkt des Verbrechens nicht bei Verstand war.«

Pennefather ließ das Urteil nicht gelten. »Wenn Sie glauben, dass der Angeklagte zum Zeitpunkt der Tat nicht bei Verstand war, muss das Urteil *unschuldig* lauten«, erklärte er geduldig. »Sie können den Text an Ort und Stelle korrigieren.«

Kapitän Stewart hatte das gesamte Verfahren ohne sichtbare Gefühlsregung verfolgt. Er wirkte weder angespannt noch gereizt, sondern blickte ins Leere, während er mit eher beiläufigem Interesse zuhörte. Ich hatte ihn nicht aus den Augen gelassen und bildete mir ein, zuweilen einen Anflug von Hochmut oder

Stolz oder sogar Verschlagenheit in seiner unbewegten Miene zu erkennen. Doch es waren wohl nur meine eigenen Vorurteile, die sich auf seinem reglosen Gesicht spiegelten.

Als Stewart das Wort »unschuldig« vernahm, zeigte er zum ersten Mal eine Regung. Er hob die gefalteten Hände und rief mit fester Stimme: »Ich habe gute Gründe, Gott dem Allmächtigen dankbar zu sein. Hätte ich mit Absicht gemordet, wollte ich keinen Augenblick länger am Leben bleiben.«

Wieder war es wahrscheinlich nichts anderes als Einbildung, doch später, als ich bereits auf dem Heimweg war, beschlich mich das Gefühl, dass der Kapitän mich in der Menge entdeckt hatte, während er seine kurze Rede hielt. Ich sah ihn immer noch vor mir, freundlich lächelnd, und ich sah einen schwarzen Fleck, der in seinen Augen tanzte.

XXVII

Elizabeth berührte sachte meinen Arm, und ich erinnerte mich plötzlich an unser kurzes Gespräch vor fast genau einem Jahr, als sie mit mir gescherzt und mich spielerisch geboxt hatte. Die letzten Monate hatten sie merklich verändert. Sie hatte die kindliche Unbeschwertheit verloren, wirkte blass und verhärmt und ihr Atem roch nach bitterer Medizin.

»Geht es dir gut?«, fragte sie lächelnd, um von ihren eigenen unausgesprochenen Nöten abzulenken. Ich ersparte ihr die banalen Höflichkeitsfloskeln und umarmte sie fest, bevor ich Scoresby die Hand drückte und das Paar in Corkbeg House begrüßte.

Der Besuch war schon seit Längerem angekündigt, denn Scoresby war als Redner zu einer Konferenz in Cork eingeladen, und Elizabeth hatte sich entschlossen, nach Hause zurückzukehren und bei uns zu wohnen, bis ihr Mann einen neuen, besseren Pfarrbezirk in Yorkshire gefunden hatte. Sie hatte ihn gedrängt, die Seemannskirche in Liverpool aufzugeben, da ihr das Leben in der Hafenstadt und die Wohnung im belebten Hafenviertel zusetzten. Sie hasste den Lärm, den Schmutz und die fragwürdigen Gestalten, die sich in den Gassen herumtrieben. Sie machte die unschöne Umgebung für ihre schlechte Gesundheit verantwortlich, und aus ihren Briefen wusste ich, dass sie mit den beiden Söhnen Scoresbys aus erster Ehe nicht zurechtkam. Die Knaben wiesen sie trotz all ihrer aufrichtigen Bemühungen zurück und würden sie wohl nie als Mutter akzeptieren. Im Vertrauen hatte sie sich darüber beklagt, dass Scoresby sie bei diesen Bemühungen nicht wirklich unterstützte, sondern fast ununterbrochen mit seinen verschiedenen Projekten beschäftigt war, von denen sie nichts verstand und in die er ihr auch keinen Einblick gewährte. Aus *seinen* Briefen, in denen er sich stets wortreich für die Zeitungsartikel bedankte, die ich ihm regelmäßig schickte, hatte ich erfahren, dass er an einem Buch über Kapitän Stewart arbeitete.

Inzwischen war William Stewarts blutige Geschichte weitgehend aus den Zeitungen verschwunden und auch in den Pubs und Kaffeehäusern sprach man kaum noch darüber. Man hatte den Kapitän aus dem County-Gefängnis ins Stadtgefängnis von Cork verlegt, wo er fast täglich von seiner Frau Betsy und den Kindern besucht wurde. Ich bewunderte Mrs. Elizabeth Stewart dafür, dass sie auf diese Weise zu ihrem Mann hielt und dem Tratsch ihrer ehemaligen Freundinnen die Stirn bot. Persönlich hatte ich sie nicht mehr gesehen und ich wusste auch nicht, ob sie noch dasselbe große Haus in Cove bewohnte.

Als ich Scoresbys festen Händedruck spürte, ahnte ich bereits, was er mich gleich fragen würde. Doch er hob zunächst zu einer Lobrede auf die Schönheit Irlands, das herrliche Wetter und das geradezu göttliche Bier unseres Countys an und stellte mir die unausweichliche Frage erst, als wir uns nach dem Dinner ins Billardzimmer zurückzogen, um die teuren Zigarren zu rauchen, die er als Geschenk mitgebracht hatte.

Wenige Tage später, am 18. August 1829, betraten wir das Stadtgefängnis von Cork, um Kapitän Stewart einen letzten Besuch abzustatten. Scoresby hatte mich gebeten, ihn zu begleiten. Das Gebäude aus rotem Sandstein glich von außen eher einer verwunschenen Märchenburg als einem Gefängnis: durchaus ein passender Aufenthalt für eine rätselhafte Gestalt wie Stewart. Dabei war die Anstalt erst vor wenigen Jahren eröffnet worden und zählte damals zu den fortschrittlichsten in den drei Königreichen, Irland, England und Schottland.

Stewart wiederzusehen war so ziemlich das Letzte, was ich mir im Leben gewünscht hätte. Dennoch begleitete ich Scoresby nicht aus reiner Höflichkeit, sondern aus brennender Neugierde darauf, inwieweit die lange Zeit in einer Einzelzelle sich auf den Charakter dieses schwer durchschaubaren Mannes ausgewirkt hatte. Warum man ihn, den siebenfachen Mörder, vor Dr. Osbornes Anstalt für kriminelle Geisteskranke bewahrt hatte, konnte ich nicht sagen. Es hatte wohl, wie so ziemlich alles bei uns, mit den richtigen Familienbeziehungen zu tun.

Als der Schließer die Zellentür öffnete, sahen wir, dass Stewart bereits Besuch hatte. Zwei seiner Söhne, beide kaum zehn Jahre alt, saßen im Schneidersitz auf dem Boden, während ihr Vater mit Kreide Ziffern auf eine kleine Schiefertafel schrieb. Als Stewart uns hereinkommen sah, bat er die Kinder aufzustehen und dem Schließer zu folgen. Er umarmte sie kurz, bevor er sie gehen ließ.

»Man hat mir erlaubt, meine älteren Jungs hier zu unterrichten«, erklärte Stewart stolz, bevor er mir und Scoresby die Hand gab. »Ich bringe ihnen das Einmaleins bei und lehre sie Gottesfurcht.«

Der Kapitän hatte sich kaum verändert. Er wirkte etwas schmaler, sein schwarzer Gehrock war ein wenig abgewetzt und sein dünnes Kopfhaar hatte schon länger keinen Kamm gesehen, ansonsten sah er eher wie ein Gast auf der Durchreise als wie ein Gefangener aus, zumal er keine Sträflingskleidung tragen musste. Die Zelle war sauber und aufgeräumt, obwohl jemand an einigen Stellen den Verputz von den Wänden gekratzt hatte.

Während Stewart für mich nur ein paar skeptische Seitenblicke übrig hatte, schien er über Scoresbys Besuch mehr als erfreut zu sein. »Habe ich Ihnen schon erzählt, dass ich Ihren Vater kannte?«, fragte er im Plauderton. »Es ist viele Jahre her, aber damals wollte er mich als Steuermann für eine Fahrt nach Norden gewinnen. Heute tut es mir Leid, dass ich absagen musste.«

Scoresby nickte geduldig. Es dauerte einige Zeit, bis es ihm gelang, das Gespräch zu einem interessanteren Thema hinzulenken: »Wie denken Sie heute über die *Mary Russell*?«

Stewarts Miene erstarrte, so wie ich es bereits während der Gerichtsverhandlung beobachtet hatte. »Ich bin mir meiner Schuld bewusst. Ich weiß nun, dass die Männer unschuldig waren und dass ich in meiner Verblendung Böses getan habe. Seit ich hier bin, bete ich um Vergebung. Jeden Morgen lese ich auf Knien den Bußpsalm: *Befreie mich von Blutschuld, mein Gott und mein Retter; und meine Zunge wird deine Gerechtigkeit rühmen.*«

Als er die Bibelworte zitierte, zeigte er ein verzücktes Lächeln. Mir ekelte vor ihm, mehr noch als wenn er erneut seine Unschuld beteuert hätte.

»Mir ist einiges klar geworden«, fuhr er fort. »Ich habe viel Zeit zum Nachdenken und ich erinnere mich nun deutlich an den Moment, als ich vom rechten Weg abkam. Vor vier Jahren, im September 1825 geriet mein Schiff in einen heftigen Sturm. Wir waren auf der Heimfahrt, mitten auf dem Atlantik. Es war die Hölle, und wir rechneten jeden Augenblick mit dem Schlimmsten. Der Großmast brach nicht nur, er wurde regelrecht fortgeschleudert, und wir trieben sechs Tage und Nächte auf dem hilflos im Wasser liegenden Wrack. Am siebten Tag wurden wir von einem Schoner gesichtet, der trotz des hohen Seegangs sein Beiboot aussetzte, um uns zu bergen. Es musste mehrmals umkehren, so hoch schlugen die Wellen. Da betete ich zu Gott dem Allmächtigen und schwor, mein Leben in seinen Dienst zu stellen, falls ich gerettet würde. Ich wurde gerettet, aber ich brach meinen Eid, sobald ich mich in Sicherheit wähnte. Heute weiß ich, dass alles, was seither geschah, all die Träume und Visionen auf dieses falsche Versprechen zurückgehen und ich nun endlich die Möglichkeit habe, meinen Schwur zu erfüllen.«

Scoresby lobte den Mann für seine Einsicht und seinen Versuch, Vergebung im Glauben zu finden. Stewart sog dieses entschieden ernst gemeinte Lob geradezu auf, als hätte er eine Quelle inmitten unendlicher Wüsten gefunden.

»Der Kaplan hat mir sehr geholfen. Und Ihre Briefe natürlich. *Wende ab von meinen Sünden dein Angesicht und tilge all meine Frevel! Wasche mich, und ich werde weißer als Schnee!*« Stewart lachte glückselig. »Und ich weiß, mir wurde längst vergeben.«

»Das freut mich«, murmelte Scoresby, und ich hatte plötzlich den Eindruck, dass er das Gespräch am liebsten beendet hätte.

»Ja«, rief der Kapitän. »Seit ich hier bin, erscheinen in jeder Nacht sieben Lichter in meiner Zelle. Sieben Lichter. Daher weiß ich, dass die Unschuldigen mir vergeben haben. Sie sind jetzt glücklich, sie sind frei, sie sind bei Gott und sie wissen, wie sehr ich das Geschehene bereue.«

Kurz darauf verabschiedeten wir uns von Kapitän Stewart und verließen das Gefängnis, um in der Stadt ein paar Pints zu trinken.

»Kaufen Sie ihm seine Geschichte ab?«, fragte ich, nachdem wir den ersten Krug schweigend geleert hatten.

»Ich glaube, dass der einundfünfzigste Psalm besagt, dass jeder Vergebung erlangen kann«, erwiderte Scoresby ausweichend. »Jeder, der aufrichtig bereut, kann Gottes Gnade erlangen. Ob Stewarts Reue aufrichtig ist? Ich weiß es nicht. Wissen Sie denn, ob sein Wahnsinn echt ist oder gespielt, ob er eine Geisteskrankheit vortäuschte, um der Todesstrafe zu entgehen?«

»Ich bin mir nicht sicher, ob er uns *damals* etwas vorgegaukelt hat, doch jetzt ist er mit Sicherheit vollkommen verrückt.« Ich dachte an die Spuren an den Zellenwänden, an die versteckten Haare des nachtschwarzen Mannes.

»Man könnte vielleicht sagen, Gott habe ihn nunmehr erlöst, indem er seinen Geist verwirrte. Vielleicht ist nicht der Geist krank, sondern das Bewusstsein selbst ist die Krankheit.« Scoresby sprach wieder einmal in Rätseln.

»Und seine Träume? Seine Visionen? Die sieben Lichter? Glauben Sie immer noch, dass eine höhere Macht dafür verantwortlich ist, oder sind all die übernatürlichen Zeichen aus Verblendung und Sinnesverwirrung geboren?«

Ich erwartete keine erhellende Antwort von Scoresby. Er nahm einen tiefen Zug aus dem Bierkrug, wischte sich den Schaum von den Lippen und lächelte gütig. »Ich würde alle Reichtümer der Welt und alle Heldentaten für eine einzige echte Vision hergeben. Doch wie kann ich armer Seemann mit den Göttern Zwiesprache halten, ohne wahnsinnig zu werden?«

XXVIII

Rund zwanzig Jahre waren seit der letzten Begegnung mit Kapitän Stewart vergangen. Ich stand am Grab meiner Schwester und schickte ein stilles Gebet in die unbarmherzige Leere. Elizabeth war im Februar nach langer Krankheit gestorben, während ihr Mann in Amerika Vorträge hielt und Verwandte besuchte. Er hatte auch ihre Beerdigung versäumt und war erst jetzt, im März, zurückgekehrt.

Auch der Frühling ließ auf sich warten. Der Himmel zeigte sein übliches Grau, und all die Farben des Winters wehrten sich standhaft gegen den Wechsel der Jahreszeiten. Das welke Grün wirkte sogar noch blasser und trister als in den vergangenen Wochen. Es begann leicht zu schneien.

»Warum hat der Allmächtige in all seiner Güte so viel Leid über seine Kinder gebracht?«, fragte ich laut, ohne mich umzudrehen. Ich hatte mich mit William Scoresby verabredet und hörte nun seine unverkennbaren Schritte auf dem schmalen Kiesweg.

»*Auch der Gerechte fällt, wie Welten fallen, Er aber schwebt als Geist einst über allen.*«

Ich drehte mich zu ihm um. Sein Gesicht war etwas voller, sein Haar schlohweiß, doch seine Augen waren nicht gealtert und seine Haltung immer noch aufrecht. Mehr denn je strahlte er Kraft und Selbstbewusstsein aus.

»Zitieren Sie aus den Psalmen?«

»Nein, Byron. Hier, ich habe Ihnen etwas mitgebracht.« Scoresby reichte mir das schmale Büchlein, das wir auf der *Mary Russell* gefunden hatten. Offenbar hatte er es all die Jahre mit sich herumgetragen. Ich steckte den Band in die Tasche, ohne ihn mir näher anzusehen. Ich hatte im Lauf der Zeit immer wieder erfolglos versucht, mir über die damaligen Ereignisse klar zu werden. Immer noch gab es Aspekte, die sich meinem Verstehen entzogen, die ich vielleicht gar nicht mehr verstehen wollte. Scoresbys Buch zu der Tragödie an Bord der *Mary Russell* war 1835 erschienen und bald wieder vergessen worden. Obwohl er den Fall und die Gespräche mit der Crew und dem Kapitän detailgetreu schilderte, war sein Werk derart von theologischen Grübeleien und Bibelzitaten durchzogen, dass ich niemanden kannte, der es wirklich bis zur letzten Seite gelesen hatte.

»Was, wenn wir das verdammte Schiff nie betreten hätten?«, überlegte ich in einem Anflug hilfloser Wut. »Sie hätten sich vielleicht eher um meine Schwester gekümmert als um die wirren Träume eines geisteskranken Mörders. Haben Sie sie eigentlich geliebt oder nur aus Bequemlichkeit geheiratet?«

»Ich verstehe, dass Sie verbittert sind«, erwiderte Scoresby leise. »Aber ich kann Ihnen versichern, dass ich Elizabeth immer geliebt habe. Sie hatte es nicht leicht mit mir, und wir beide hatten es nicht leicht in unserer Gemeinde in Yorkshire. Wir sind den Menschen dort fremd geblieben und sie uns, und nach dem Tod meiner beiden Söhne habe ich mich wohl allzu sehr in meiner Arbeit, meinen Büchern vergraben. Elizabeth hat mich gedrängt, nach Amerika zu reisen. Sie wollte nicht, dass ich ihr beim Sterben zusehe, und ich wollte nicht zusehen, wie das Beste und Schönste in meinem Leben erlischt. Können Sie mir vergeben?«

»Ihnen zu vergeben fällt mir nicht schwer, Scoresby. Aber Gott kann ich nicht vergeben. Der Gerechte fällt, soweit hat Byron recht. Warum aber fällt der Ungerechte nicht? Warum leben Mörder, Tyrannen und ihre Lakaien, Despoten und ihre Folterknechte, während jemand wie Elizabeth einfach verschwindet?«

»Es gibt keine entsprechende Regel, die ich Ihnen erklären könnte. Das Leben, das Folterknechte führen, würde ich freilich nicht als Leben bezeichnen. Elizabeth aber hat gelebt und lebt weiter, auf andere Weise, in unauslöschlichen Momenten, in der Erinnerung, in ihrem rechtschaffenen Glauben. Sie müssen nicht religiös sein, um für jeden Moment wahren Lebens dankbar zu sein.«

Ich wusste, dass Scoresby als Geistlicher ständig solche Gespräche führen musste. Obwohl ich derlei Reden nicht hören wollte und mich innerlich gegen seine Belehrungen sträubte, spürte ich, dass ich sie ernst nahm.

»Tom Hammond starb mit dreizehn Jahren«, antwortete ich stur. »Während unser alter Freund, Kapitän Stewart, immer noch seine Psalmen deklamiert. Ich schätze, der Kerl wird uns alle überleben.«

Scoresby nickte. »Ich habe lange mit ihm korrespondiert. Seine Briefe wurden immer seltsamer und wirrer. Als ich ihn das letzte Mal besuchte, baute er ein Schiffsmodell aus Hühnerknochen. Erinnern Sie sich an die sieben Lichter in seiner Zelle? Anscheinend haben sie sich allmählich verändert. Sie wurden greller, heißer. Sie brannten wie winzig kleine Sonnen, brannten in seinen Augen. »Die Lichter schreien«, so schrieb er mir, »sie lassen mich nicht schlafen«. Daraufhin gab ich den Briefwechsel auf und wandte mich nur noch an die Ärzte. Stewarts Zustand verschlimmerte sich. Er konnte keine Besucher mehr empfangen. Frau und Kinder hatten ihn schon lange aufgegeben. Schließlich verlegte man ihn in die Anstalt für geisteskranke Kriminelle, wo er heute noch unter der Obhut Dr. Osbornes dahinvegetiert. Er muss jetzt über siebzig sein und hat zweifellos noch viele Jahre vor sich: allein, im Dunklen, umgeben von Schatten, die auf ihn einreden, einbrüllen, Visionen, die er nicht versteht, und umgeben von schreienden Lichtern.«

»Fragen Sie sich manchmal, ob *das* Gerechtigkeit ist?«

»Ich glaube, dass jeder von uns im Grunde seines Herzens weiß, was richtig und falsch ist, und dass jeder, der gegen dieses Wissen und Gewissen handelt, sich früher oder später selbst bestraft. Darin liegt die Gerechtigkeit, die uns gegeben wurde.«

Vielleicht hatte Scoresby recht. Zumindest in diesem einen

Fall. Doch Stewarts Qualen konnten seine Taten nicht ungeschehen machen, und man konnte durchaus an seiner Schuldfähigkeit zweifeln.

»Die Gerechtigkeit liegt also darin, dass wir uns selbst bestrafen, dass wir ein Gewissen haben?«

»Jedenfalls erwarte ich nicht, dass der Gott, an den ich glaube, für Gerechtigkeit sorgt, indem er Sünder bestraft, denn dann müsste er uns alle unablässig bestrafen. Wir sind Menschen, zweifelnd, gläubig und leichtgläubig. Wir machen Fehler. Wir haben die Freiheit, Fehler zu machen und daraus zu lernen. Der Gott, der jeden unserer Schritte misstrauisch beäugt und jeden Fehltritt ahndet, ist eine Figur des Aberglaubens, und jeder, der sich anmaßt, im Namen eines solchen Gottes über andere zu richten ist ein Halunke oder ...«

»... oder er ist wahnsinnig wie unser alter Freund Stewart«, unterbrach ich Scoresby. »Sein Gott, der nachtschwarze Mann seiner Visionen, war eben solch eine Figur des Aberglaubens, entstanden aus urzeitlichen, existenziellen Ängsten. Sie müssen aber zugeben, dass es einfacher ist, an eine solche Schreckensgestalt zu glauben, als Ihren komplizierten philosophischen Vorträgen zu folgen.«

Scoresby musterte mich verdutzt, dann lachte er leise. Er streckte die Hand aus und sah schweigend zu wie Schneeflocken sich auf der Handfläche niederließen und schmolzen.

»Sehen Sie nur. Jede Schneeflocke ist anders, jede ist einzigartig. Vielleicht gelingt es uns doch noch, dieses sonderbare Alphabet zu entziffern. Doch ehe wir eine einzige Hieroglyphe entziffert haben, ist das ganze Wunder verschwunden.«

Wir standen noch eine Weile schweigend vor dem schlichten Holzkreuz, das Elizabeths Namen trug, und dachten daran, was wir verloren und was wir gewonnen hatten. Für mich ging die Rechnung nicht auf.

»Gott sieht auf unsere Gräber herab und schweigt«, murmelte ich, um meinen blindwütigen Kummer in Worte zu fassen, und wandte mich zum Gehen.

»Ja«, sagte Scoresby und berührte kurz meinen Arm. »Aber vielleicht wäre es töricht, mehr zu verlangen als dieses wundervolle Schweigen.«

Dank

Mein Dank gilt allen, die mir geholfen haben, diesen Büchertraum Wirklichkeit werden zu lassen: Daniel Frisch und dem Team des Steidl Verlags, meiner Kunstexpertin Regine Kübler und meiner Irlandexpertin Tina Lang, meiner Familie nah und fern, sowie meinen unverzichtbaren Geisterjägern Percy und Emily.

A. P.

Alexander Pechmann, geboren 1968 in Wien, Autor und Herausgeber, übersetzte und edierte zahlreiche Werke der englischen und amerikanischen Literatur des 19. und frühen 20. Jahrhunderts: u. a. von Herman Melville, Mary Shelley, Sheridan Le Fanu, Mark Twain, Robert Louis Stevenson, Henry David Thoreau, Lafcadio Hearn, Rudyard Kipling, F. Scott und Zelda Fitzgerald. Er versteht sich als Schatzgräber und Goldsucher der Literatur, mit einer großen Vorliebe für verlorene Texte und vergessene Geschichten.

Quellennachweise

Sieben Lichter ist ein Roman und als solcher eine Mischung aus Fakten und Fiktion. Die Schilderung der Ereignisse auf der *Mary Russell*, der Ermittlungen von William Scoresby, seiner Begegnungen mit Kapitän Stewart und der Gerichtsverhandlung in Cork basieren auf Augenzeugenberichten, die Scoresby in Kapitel IV »The Mary Russell« in seinem Buch *Memorials of the Sea* (Second Edition, London 1850) publizierte, und auf dem Pamphlet *The Trial of Captain Stewart* (Cork 1828), das den entsprechenden Artikel aus der Tageszeitung *The Cork Constitution* neu abdruckte.

Alannah Hopkin und Kathy Bunny nutzten dieselben Quellen für ihr historisches Sachbuch *The Ship of Seven Murders. A true Story of Madness & Murder* (Cork 2010), in dem die Autorinnen versuchen, den Fall mithilfe moderner Psychologie aufzuklären. Die Lokalhistorikerin Bunny förderte einige neue, interessante Details zu Tage und entdeckte Timothy Connells Grabstein. Nach ihren Recherchen starb Kapitän William Stewart am 21. August 1873 im Alter von 98 Jahren in einer Anstalt für kriminelle Geisteskranke in Dublin.

Scoresbys Anekdoten über seinen Vater orientieren sich an seiner Denkschrift *Memorials of the Sea: My Father* (London 1851).

William Scoresby. Arctic Scientist (Whitby 1975) von Tom und Cordelia Stamp bietet eine vorzügliche Darstellung von Leben und Werk des heute fast vergessenen Seefahrers, Naturwissenschaftlers und Theologen, während *The Life of William Scoresby* von R. E. Scoresby-Jackson (London 1861) stellenweise unzuverlässig ist.

Die Geschichte der Meuterei auf der Fregatte *Hermione* wurde von Dudley Pope ausführlich in seinem Sachbuch *The Black Ship* (London 1963) beschrieben.

Die Zitate aus Lord Byrons letztem Versepos *The Island* (1823) folgen der Übersetzung von Otto Gildemeister (1823–1902). Die

Zeile aus Dantes *Göttlicher Komödie* stammt aus der Übersetzung von Philaletes (König Johann von Sachsen, 1801-1873). Des Weiteren enthält der Text ein verstecktes Zitat von Charles Brockden Brown, aus dessen Roman *Edgar Huntly; or, Memoirs of a Sleepwalker* (1799) und einige Anspielungen auf sein bekanntestes Werk *Wieland; or, The Transformation* (1798). Die »*Nullen, die sich im Aufwind blähen*« sind aus Shakespeares Sonett 66, übertragen von Christa Schuenke.

1. Auflage 2017
2. Auflage 2018

© Steidl Verlag, Göttingen 2018
Alle deutschen Rechte vorbehalten
Lektorat: Daniel Frisch
Buchgestaltung: Victor Balko
Umschlaggestaltung unter Verwendung eine Fotografie von Heinrich Kühn: © Albertina, Wien. Dauerleihgabe der Höheren Graphischen Bundes-Lehr- und Versuchsanstalt, Wien
Gesetzt aus der Collis
Gedruckt auf Munken Print Premium Cream 115 g

Steidl
Düstere Straße 4, 37073 Göttingen
Tel. +49 551 496060 / Fax +49 551 4960649
mail@steidl.de / steidl.de

Printed in Germany by Steidl
ISBN 978-3-95829-370-0